NOUTAN

Sandrine CASTELLO

A mes deux anges, Romain et Maëva,

A ma mère et mon père, des parents merveilleux,

A ma famille et mon frère, qui m'ont entourée,

A mes amis, les piliers dans ma vie,

Et à Toi, Chance, qui m'a à nouveau souri.

Le phénix déploie ses ailes,

Le bec tourné vers l'horizon,

Un nouveau jour, un nouveau départ.

Monde des Origines, L'an 136

La jeune femme enfila un long manteau noir à capuche et se couvrit la tête. Elle sortit une grosse clé d'une de ses poches et ouvrit la lourde poterne. Elle se glissa hors du château en veillant à refermer discrètement la porte.

Elle plongea alors dans la forêt sombre de Mirouan. L'heure était tardive et personne ne s'apercevrait de sa disparition avant l'aube. Elle se mit toutefois à courir. Il ne servait à rien de s'attarder en ces lieux, ni d'avoir un quelconque regret.

Les branches épineuses agrippaient son long manteau mais elle poursuivait son chemin aussi vite que lui permettait la végétation. Puis enfin, elle s'arrêta et scruta les alentours. Sa vision n'était pas aussi parfaite que celles des Princes mais elle pouvait apercevoir des ombres dans cette nuit noire. Elle sentit la présence de Sédah et son cœur s'accéléra. Elle devinait maintenant ses formes mais aussi celles de deux autres personnes. La plus robuste était certainement le Sorcier Moyo, quant à l'autre personne, à n'en point douter, c'était une jeune Vierge. La Princesse Clytie ne s'expliquait pas sa présence. La Vierge n'aurait jamais dû les accompagner.

Sédah apparut alors et la serra tendrement dans ses bras. Il était son refuge depuis son enfance, la force qui la soutenait quand elle faiblissait face à ses obligations. Des obligations qui la vidaient de toutes énergies, de toutes forces pendant de longs jours. Il trouvait toujours les mots pour l'encourager face à la douleur que lui infligeait son pouvoir de Vierge.

Elle enfouit son visage dans son cou, sentit son odeur. Il était tout, tout ce qui aurait pu être s'ils avaient été des êtres communs et non des Immortels.

Soudain, un mélange de colère et d'anxiété vint la submerger. Son cœur se serra. Ressentir les sentiments des autres était toujours difficile à gérer. Elle les accueillit et ils envahirent chaque parcelle de son corps. C'était douloureux.

—   Il est encore temps de rentrer, Clytie. Tu peux regagner le château et m'oublier. Nous ne savons pas comment la situation risque de changer. Ce serait terrible si…

La Vierge Clytie posa un doigt sur ses lèvres et leva les yeux sur le beau visage de Sédah. Elle toucha sa joue et caressa tendrement ses marques de naissance, semblables à de fines lignes entrelacées. Elle aimait chacun de ses traits : ses yeux noisette pailletés jaune d'or, sa peau mate, son nez fin et droit, sa bouche pleine. Elle passa les doigts sur les cernes qui commençaient à apparaître depuis que Loua était morte.

—   Chuttt ! Rien ne pourra t'arriver. Tu es mon frère et je ne te laisserai pas basculer dans les Ténèbres. Aussi longtemps que je vivrais, tu m'auras à tes côtés pour t'apaiser et t'aimer. Mon amour te suffira.

Sédah la serra plus fort. Il était conscient de son sacrifice et pourtant il savait qu'elle ne pourrait pas éternellement l'aider. Il basculerait inévitablement dans les Ténèbres parce que Loua était morte avant qu'ils aient pu se lier. La colère monta en lui. Loua était morte et il était prisonnier de cette fichue malédiction. Comment pourrait-il lutter toute sa vie d'Immortel ? Pourtant, il ne pouvait concevoir de mettre fin à ses jours pour satisfaire son vieux père, le grand seigneur Rayan !

Il avait combattu pour son Seigneur et protégé son royaume. Il lui avait été aussi fidèle qu'un fils aimant son père pouvait l'être. Il avait mené bien des batailles, toujours sur le front, ne pliant jamais devant l'ennemi. Ses mains étaient souillées par le sang des Immortels qui étaient tombés sous sa lame. Mais l'ennemi avait emporté à jamais sa Promise et sa vie était désormais condamnée à basculer dans le chaos, les Ténèbres.

Il méritait un meilleur avenir. Il avait le droit à du respect et de la reconnaissance. Il n'était pas un martyr. C'était un guerrier redoutable et craint de ses ennemis. La colère monta en lui avec plus de force. Il s'enfuirait du Monde des Origines, emmenant sa jeune sœur Clytie puisque c'était son souhait et il régnerait à son tour sur un monde qui l'accueillerait comme il se devait ! Il sentit son corps s'apaiser. Clytie faisait du mieux pour canaliser son énergie. Elle absorbait ses sentiments et son corps se détendit. Il la repoussa doucement et se tourna vers le Sorcier Moyo :

—   Il est temps de partir.

 Clytie voulut interroger le Sorcier sur la présence de la Vierge mais il était déjà trop tard. Moyo avait ouvert le passage vers un autre monde et son frère s'y était engouffré sans un regard en arrière. Elle le suivit avec un terrible pressentiment.

Chapitre I
Noutan, L'an 1335

— Dépêche-toi Laïdao ! Hurla Akainou. Si tu t'endors, on va y passer la journée ! Et nous allons finir embrochés !

Akainou esquiva la lame qui s'apprêtait à lui trancher la gorge et planta la sienne dans le torse de son ennemi. Le corps disparut alors dans un tas de cendre.

Laïdao tremblait si fort que la pierre lui échappa des mains. Il se baissa pour la ramasser et croisa le regard moqueur de Mamoru. Il avait honte d'avoir si peur mais ces guerriers Makkuras étaient effrayants. Il prit la pierre et l'inséra dans son logement. Mamoru donna un grand coup d'épaule contre la porte pour l'empêcher de s'ouvrir et s'éloigna d'un bond quand Laïdao l'enfonça complètement.

Le clac que produisit la fermeture de la porte alerta Minh. Elle se tourna vers la porte avec un sentiment de satisfaction. Il ne manquait plus qu'à s'occuper de ces quelques Guerriers Makkuras et ils pourraient rentrer. La porte se désagrégea et tomba aux pieds d'un Laïdao terrifié. Minh sourit en voyant la sueur perlée sur le crâne dégarni du Mortel. Au fond, il était courageux, même s'il ne pouvait s'empêcher de transpirer la peur.

Son regard se figea alors sur Dark. L'air semblait s'être assombri autour de lui et un sentiment effrayant émanait de sa personne. Son sabre tournoyait et les têtes s'envolaient dans une danse macabre. Les cendres que produisaient les Guerriers morts s'élevaient dans les airs et tourbillonnaient autour de lui. Minh avait du mal à percevoir les mouvements de Dark : leurs vitesses défiaient l'entendement.

Il fallait se rendre à l'évidence : Dark allait basculer dans les Ténèbres et alors ce serait la fin. Elle se souvint d'une récente conversation avec Maître Lichan au Manoir. Le Maître nettoyait une belle cage à oiseaux. D'ailleurs, elle ne comprenait pas bien pourquoi ce vieil homme l'astiquait souvent alors qu'aucun oiseau n'y logeait. Elle finit par lui poser la question.

— Et bien pourquoi devrais-je capturer un oiseau pour l'enfermer dans ma cage ? Les oiseaux ne sont-ils pas libres de choisir leur maison ? Demanda le vieil homme de sa douce voix.

— Si je possédais une cage, j'achèterai l'oiseau qui va avec.

— Mais l'oiseau serait alors prisonnier. Il aimerait certainement avoir le choix s'il pouvait parler. Regarde sur la branche.

Minh avait levé la tête et regardé par la fenêtre. Un magnifique canari était perché sur une branche et semblait s'intéresser aux gestes du maître.

— Je sens bien qu'il hésite. Se laisser enfermer et ne plus avoir peur de manquer de nourriture ni de chaleur, ou vivre librement mais ne pas savoir ce que demain lui réserve.

— Moi, je n'hésiterais pas. Je choisirais le confort.

Le maître sourit et répliqua :

— L'attrait de vivre à l'extérieur, c'est de ne dépendre de personne. Tu es libre de tes choix et tu peux aller aussi loin que tes ailes te portent.

Il s'approcha du rebord de la fenêtre et poursuivit :

— Le froid arrive. J'espère seulement qu'il fera le bon choix.

C'est alors que Minh s'aperçut que le Maître ne parlait plus de l'oiseau. Son regard s'était porté sur le jeune homme qui s'entraînait seul dans la cour intérieure du Manoir. Dark devenait chaque jour un peu plus puissant. Les mouvements de son corps étaient souples et rapides. Son sabre fendait l'air autour de lui. Son regard était sombre et semblait combattre un adversaire imaginaire. Mais le plus inquiétant était l'atmosphère qui se dégageait de sa personne : un voile maléfique l'entourait et tournoyait autour de lui comme un linceul. Son regard devenait terrifiant, et les marques noires de sa lignée scintillaient. Les Ténèbres l'appelaient dans un murmure insistant. Elles l'envoûtaient et bientôt il serait happé à jamais dans ses filets. Ce serait alors le chaos pour Noutan et il n'y aurait plus d'espoir.

Minh attrapa de justesse le fourreau de son sabre. Le retour à la réalité était un peu brutal. Mamoru le lui avait lancé et la fixait d'un air grave. Lui aussi s'inquiétait de la tournure des événements.

Le combat était terminé et l'atmosphère semblait s'être un peu apaisée. La Porte était détruite et pourtant le cœur des Compagnons était lourd. Minh remarqua alors Dark allongé sous un grand arbre au tronc tortueux. Ses yeux étaient clos. Une légère brise d'automne souleva une mèche sur son visage mat. Quelques feuilles aux couleurs orangées tombaient sur lui comme une caresse. Les marques scintillaient maintenant avec moins de force. Son corps s'apaisait et il reprenait le contrôle de lui-même.

Bon, aujourd'hui, ce n'était pas le jour où tous leurs espoirs se volatiliseraient. Dark avait, semble-t-il, retrouvé ses esprits.

Chapitre 2
Noutan, L'an 1335

La jeune fille se retourna et salua encore la passagère du véhicule qui lui faisait de grands signes d'adieu. Puis le véhicule disparut dans un virage et elle baissa son bras. Elle prit sa valise verte en carton et emprunta le petit pont en bois qui enjambait un bassin à l'allure sauvage. Elle poursuivit son chemin sans s'arrêter.

Elle marchait d'un pas déterminé. Il y avait si longtemps qu'elle attendait ce moment, où enfin elle pénétrerait dans le Manoir et rencontrerait les Compagnons ! Elle avait hâte. Sa Gardienne lui avait tant parlé de leurs exploits qu'elle était tout excitée de faire leur connaissance. Et puis, elle était vraiment curieuse de rencontrer son Promis. Une petite voix lui rappela qu'elle devait rester prudente, qu'il n'était pas des plus disposés à se lier… Elle fit taire la voix qui lui insufflait des recommandations. Elle était d'une nature optimiste, ne reculant jamais devant les défis. Son Prince terrible allait avoir affaire à un personnage déterminé.

Elle changea la valise de main car celle-ci était un peu lourde. Toutes ses affaires tenaient dans ce petit bagage. Pour la fermer, elle avait même dû s'asseoir dessus. Elle s'arrêta et prit un mouchoir dans sa poche pour s'éponger le front.

Elle apercevait enfin le Manoir et elle resta à le fixer, trop surprise pour faire un pas de plus. Le Manoir semblait tout droit sorti d'un passé, vraiment lointain. Son allure la fit grimacer d'horreur. Un corbeau croassa en passant au-dessus de sa tête et la fit sursauter. L'endroit lui faisait finalement un peu peur. Elle déchantait : l'endroit idyllique de ses rêves s'était soudainement transformé en une grossière demeure décrépite et abandonnée. Voilà pourquoi elle n'avait conservé aucun souvenir à son sujet ! Son cerveau avait refusé d'imprimer l'image de ce grotesque tas de pierres !

Elle observa les jardins envahis par les ronces et les arbustes épineux. Il y avait tant à faire qu'elle soupira. Elle ne manquerait pas de travail.

Elle fit un pas en avant et s'arrêta. Elle tendit l'oreille et posa sa valise. Elle était certaine d'avoir entendu un chat miauler. Elle le chercha du regard et finit par l'apercevoir tout en haut d'un grand arbre dégarni. C'était un chaton tout blanc avec de petites oreilles pointues. Il était perché sur une branche et ne savait comment redescendre de l'arbre sans se briser le cou. La jeune fille lui sourit et tenta de le rassurer puis elle évalua la hauteur de la branche à atteindre pour délivrer le malheureux animal.

—   Ça doit faire environ quatre mètres de haut, pensa la jeune femme en hésitant. Ne bouge pas, j'arrive !

Le chaton la fixait d'un regard dubitatif. Il s'assit et s'agrippa plus fort.

—   Ne t'en fais pas, je vais t'aider à redescendre et ensuite tu me remercieras avec un gros câlin.

Azami posa son petit sac à dos et retira sa veste. Elle respira un bon coup et se détendit les bras. Elle pouvait le faire ! Elle évalua une dernière fois la hauteur de la branche. Rien de plus facile ! Il suffisait de s'assurer que ses pieds trouveraient de bons appuis.

Elle commença à grimper. Les branches de ce magnifique érable semblaient tenir bon sous son poids. Non pas qu'elle fût lourde, mais parce que certaines branches étaient dangereusement fines. Elle grimpait avec agilité comme le petit singe de Madame Binocle, sa terrible préceptrice. Elle pouffa en se rappelant les horribles lunettes qu'elle portait sur son énorme nez et qui lui valut ce surnom. Elle faillit en lâcher sa prise. Elle redevint sérieuse : il ne manquerait plus qu'elle tombe et alors, si elle en réchappait, il faudrait expliquer combien son geste avait été stupide, combien elle était désolée…

Encore deux branches et elle pourrait attraper le gentil petit chaton qui s'était mis dans une position aussi délicate. Mais alors qu'elle arrivait presque à sa hauteur, contre toute attente, le chaton sauta sur sa tête en plantant ses griffes. Azami poussa un cri et son pied dérapa. Elle bascula dans le vide, le chaton agrippé à ses cheveux.

Elle s'attendait à un atterrissage mémorable sur un sol bien dur mais à son grand soulagement ce furent des bras puissants qui la rattrapèrent. Quand elle ouvrit les yeux, elle vit le plus beau regard jamais rencontré. Des yeux bleus comme le ciel en plein été. Son sourire s'élargit puis se figea : le jeune homme était furieux. Azami remarqua ses cheveux étranges : ils étaient mi-longs, frisés et ébouriffés, comme si ses cheveux s'étaient emmêlés pendant une course folle. Elle se retint de gentiment se moquer de sa coiffure, consciente que cela ne ferait qu'envenimer la colère de son sauveteur.

Le jeune homme la posa à terre sans ménagement et passa nerveusement une main dans ses cheveux, ce qui aggrava la situation. Azami se demandait comment la main n'était pas restée coincée dans cette tignasse ! Il pointa un doigt accusateur sur le pauvre chaton terrifié, en fronçant les sourcils de mécontentement. Azami se mordit les lèvres pour s'empêcher de rire.

— J'espère qu'il en valait la peine ! Lança-t-il en colère. Ta vie contre ce chaton stupide.

Azami baissa rapidement le regard sur le chaton mais trop tard ! Elle éclata de rire sous le nez de ce garçon qui lui avait sauvé la vie !

— Je suis désolée ! Mais c'est vraiment drôle ! Tes cheveux !

Le jeune homme se redressa vexé et tenta de mettre de l'ordre dans sa chevelure. Ce matin, il avait pris beaucoup de soin à les peigner et à les dompter. Mais voilà ! Il avait fallu que la nouvelle venue lui fasse faire quelques acrobaties et un beau sprint pour que tous ses efforts soient anéantis.

Quand il l'avait aperçue du rebord de sa fenêtre en train de grimper à l'arbre, il n'avait pas hésité un instant : il avait sauté de l'étage et était retombé sur les arbustes. Les épines avaient accroché ses cheveux et en tirant sauvagement dessus, il en avait perdu une bonne poignée, en plus d'avoir déchiré son tee-shirt. Puis, il était passé par-dessus les fougères et avait manqué de s'étaler de tout son long lorsque ses pieds s'étaient emmêlés dans un filet de pêche. D'ailleurs il n'avait pas compris pourquoi ce filet se trouvait abandonné dans le jardin, où il n'y avait pas moyen de pêcher à des kilomètres ! À moins que, en y réfléchissant avec du recul, peut-être était-ce un filet pour ramasser les châtaignes… Enfin, par on ne sait quel miracle, il était arrivé juste à temps pour réceptionner la jeune fille avant qu'elle ne touche le sol.

— C'est de ta faute ! Accusa-t-il. Il a bien fallu que je te rattrape avant que tu ne t'écrabouilles sur le sol. Je me retiens de t'administrer une bonne fessée car je pense que si je n'avais pas été là, à l'heure actuelle, nous serions dans une position un peu délicate !

Azami cessa de rire et rougit. Il avait raison : elle aurait pu tout détruire en tentant de sauver le chaton. Elle avait une mission : rencontrer un terrible guerrier immortel, avec un penchant légèrement destructeur pour le convaincre de se lier avec elle afin qu'il ne bascule pas dans le Mal absolu, c'est-à-dire les Ténèbres ! Si elle échouait, alors ce serait le chaos sur Noutan. Et il faut bien se l'avouer : si le jeune homme n'était pas intervenu à temps, sa mission aurait pris fin assez brutalement, anéantissant les années de labeurs de ses deux Gardiens mais aussi le sacrifice de Compagnons qui l'avaient protégée.

— Je suis vraiment désolée de m'être mise en danger.

Elle s'inclina pour accompagner ses paroles.

— Je te remercie de m'avoir sauvée d'une chute qui aurait pu m'être fatale.

Elle se redressa puis s'avança et lui tendit la main en souriant.

— Je m'appelle Azami.

Il prit sa main :

— Akito.

— Pardonne-moi de m'être moquée de toi.

Le jeune homme sembla confus car la jeune fille paraissait sincère. Il remarqua alors sa fine silhouette. Elle était drôlement petite. Sa peau très blanche contrastait avec ses cheveux longs très noirs. Son regard était franc et chaleureux. Ses yeux bleus pétillaient de joie de vivre, comme si le malheur ne semblait jamais l'avoir touchée. Pourtant… Malgré lui, il observa le foulard qu'elle avait noué autour de son cou et qui, il le savait pour l'avoir vue, dissimulait une vilaine cicatrice. Il mit ses mains dans les poches et haussa les épaules.

— Oublie ça.

Il regarda le petit animal ronronner sous les caresses d'Azami. Elle était douce et ses gestes avaient beaucoup de grâce. Pas comme l'autre…

— Tu penses que je peux le garder ? Demanda Azami inquiète. Il est tout petit, il fait un peu froid alors…

— Fais comme tu veux.

Une légère brise se leva et Akito se redressa. Il passa une main par-dessus son épaule et grimaça. Dans sa précipitation, il avait oublié son katana.

L'atmosphère s'épaississait et un malaise le saisit. Quelqu'un approchait et cela ne présageait rien de bon. Décidément, à chaque fois qu'il pensait à ce sauvage, il se matérialisait sous ses yeux ! Akito se crispa car il ne savait comment son Compagnon, si on pouvait appeler cet être un Compagnon, pouvait réagir. Akito se tourna et l'aperçut.

Un jeune homme grand et à la démarche féline s'avançait vers eux, l'air menaçant. Les pans de son manteau de cuir marron s'agitaient à chacun de ses pas. Azami se raidit et recula devant cet être. Ce jeune homme-là n'avait pas un regard des plus avenants.

Ses cheveux étaient d'une couleur peu commune : d'un violet très sombre, accentuant le caractère obscur de ce personnage. Ses yeux verts aux pupilles fendus semblaient pouvoir terrasser d'un seul regard celui ou celle qui oseraient le défier. Sa peau mate était marbrée d'un tatouage naturel que seuls les Immortels du monde des Origines portaient. Il représentait sa descendance directe avec eux et celui-ci était sans aucun doute le fils de Sédah.

Sous ses vêtements, elle devinait chaque muscle tendu et prêt à bondir sur sa proie. Elle l'imaginait rapide et sans pitié. Il était terrifiant et son ventre se noua.

— Décidément Akito, toujours au mauvais endroit ! Se moqua le jeune homme d'une voix profonde.

— La chance est de mon côté Dark, rétorqua Akito sans se démonter, conscient de l'allusion sur le sauvetage d'Azami.

Akito n'avait aucun doute : Dark avait dû tranquillement observer la scène à distance avec un sourire mauvais affiché sur les lèvres. Il était même certain qu'il avait influencé le chaton pour qu'il se jette ainsi sur la jeune fille et la fasse tomber.

L'air sembla geler. De nouveau le chaton se remit à trembler.

— Nous verrons pour combien de temps.

Dark s'avança jusqu'à eux et se pencha vers Azami en la pénétrant de son regard. Il devait la dépasser de deux bonnes têtes.

— Une si petite chose.

Azami le fixait mais son cœur battait fort. Il lui semblait qu'il pouvait l'entendre. Soudain, il saisit le chaton par le cou et le brandit devant elle. Elle tenta de lever ses mains pour le récupérer mais Dark le tenait fermement devant son visage. Le pauvre animal était tétanisé.

— Tu as failli à ta mission.

S'adressait-il à elle ou au chaton ? Azami n'aurait su le dire tellement ses mots étaient équivoques.

Et contre toute attente, il tordit le cou du chaton qui craqua brutalement. L'animal n'émit aucun son, il avait juste écarquillé les yeux avant de mourir.

Dark remit la pauvre dépouille dans les mains d'Azami qui était restée trop choquée pour réagir. Il se redressa et observa l'érable.

— Cela aurait pu être court et sans souffrance. Dommage.

Une larme roula sur le visage d'Azami. Dark sourit, satisfait de son premier contact avec la jeune fille. Elle allait vite prendre ses jambes à son cou et s'enfuir loin de lui.

— Espèce de… !

Akito poussa Dark mais celui-ci l'attrapa violemment par le col et le plaqua au sol. Il lui agrippa le bras et le retourna violemment derrière son dos. Akito poussa un cri sous la douleur. Dark était rapide, Azami n'avait rien vu venir. Elle fit un pas vers les deux jeunes hommes, mais Dark leva son regard vers elle, ce qui la paralysa de la tête aux pieds. Il avait les traits durs, la colère se lisait dans ses yeux verts. Il resserra sa poigne ce qui fit grimacer Akito, puis se rapprocha de son oreille et lentement il lui dit tout bas :

— Un jour Akito, il faudra que nous ayons une conversation entre hommes. Et ce jour-là, je ne te ferai aucune faveur. En attendant, je te dis et ne le répéterai pas : n'interfère pas dans mes affaires.

Dark le lâcha brutalement et se releva. Il sourit de satisfaction. La Promise était une petite créature qui ne poserait pas de problème. Elle était frêle, sans grand courage. Elle ne l'attirait pas du tout. Les quelques craintes qui l'avaient rongé ces derniers jours furent balayées devant sa mine pitoyable.

Il la bouscula au passage et poursuivit son chemin de sa démarche de félin. Azami avait enfin rencontré son terrible guerrier immortel. Ses espoirs venaient de se volatiliser comme des milliers de papillons prenant leur envol.

Devant son trône, la Reine Ignissa tomba les genoux à terre. Son mari le Seigneur Rayan vint s'agenouiller près d'elle et la serra dans ses bras avec chaleur. Depuis deux jours, ils avaient cherché leur fille Clytie. Mais il n'y avait plus de doute maintenant. Leur fils Sédah avait également disparu ainsi que ce misérable Sorcier Moyo. Ils avaient donc tous fui. Sédah avait fui comme un lâche alors qu'il savait le danger qu'il représentait !

Sans Loua, il allait basculer dans les Ténèbres et alors son pouvoir irait en se décuplant. Il le rongerait comme bien des Immortels et alors ce serait la guerre, la destruction partout où il irait.

Mais il avait fait encore bien pire : il avait emmené leur fille la Vierge Clytie. Il avait profité de sa faiblesse envers lui pour l'emmener dans sa déchéance. La seule Vierge du Royaume de Rayan, la fierté de son peuple. La seule à pouvoir prédire l'avenir et à transmettre l'immortalité aux plus valeureux guerriers du Royaume de Mirouan.

—   Comment allons-nous protéger le peuple ? Demanda Ignissa avec désespoir. Dès que la nouvelle se répandra, nos ennemis seront à nos portes.

Le Seigneur Rayan releva sa femme mais la maintint contre lui.

—   Nous trouverons une solution, femme. Il semblerait que la Vierge Nouma ait aussi disparu.

Le vieil homme s'était avancé vers Azami. Les larmes avaient maintenant séché sur son visage, mais son expression n'était que tristesse. Elle avait terminé d'enterrer le petit animal au pied de l'arbre où elle avait cru le sauver. Ses mains étaient couvertes de terre et elle tenait maladroitement la pelle qui avait servi à ensevelir le chaton.

Elle essuya son visage avec le revers de sa manche. Elle ne réussit qu'à se tacher les joues. Elle était loin d'être une jeune femme forte et pleine d'assurance. Azami était fragile et avait peur. Comment en aurait-il pu être autrement ? Elle était la Promise de l'un des hommes les plus puissants de Noutan, et elle avait eu la malchance d'être née sous la constellation stellaire opposée de celle de Dark ! Ils étaient donc aussi différents que la nuit et le jour. Pourtant le vieil homme avait espéré…

Il se souvint de cette triste journée, il y a dix-neuf ans… Une tempête terrible avait tout d'abord bien failli les empêcher d'arriver à l'hôpital du Sud de Bassal. Le vent couchait les arbres. Leurs branches cassées s'envolaient et se brisaient sur les passants et sur les voitures. Tout ce qui n'était pas profondément ancré à la terre était emporté.

Deux Compagnons et lui-même montaient la garde dans les couloirs de l'hôpital. Ils étaient nerveux. La mère d'Azami avait insisté pour qu'ils attendent derrière la porte. Les parents ne se rendaient pas bien compte du danger qu'ils encouraient. Ils n'étaient après tout que de simples noutaniens, tous deux mortels, très loin de se douter de l'enjeu de leur petit bébé.

La Vierge Clytie avait mis en garde Maître Lichan sur l'importance de la venue au monde de ce nourrisson. Dans ses visions, ce serait la Promise d'un des fils de Sédah, celui qu'elle avait vu le trahir. Et ce Prince serait très puissant, au point de faire pencher la balance de leur côté s'il se liait et décidait de combattre à leur côté.

Mais si la Vierge avait eu la vision, Sédah et le Sorcier Moyo devaient aussi savoir. Le bébé était en danger et il fallait être extrêmement méfiant et s'attendre à tout. Sédah le tuerait sans hésitation car il représentait une menace quand son fils changerait de camp. Sédah préférerait voir son fils basculait dans les Ténèbres, plutôt que de le savoir un allié de la Vierge.

Maître Lichan avait enfin entendu les cris du bébé et par on ne sait quelle magie, la pluie avait cessé et le soleil était apparu. Les parents lui avaient alors donné le nom d'Azami, fleur du chardon, capable de chasser les mauvais sorts.

Mais pendant que ses deux Compagnons et lui-même attendaient patiemment derrière la porte, le Prince Féraï avait surgi dans la chambre et avant même qu'il ait pu intervenir, il avait assassiné les parents. Le vieil homme avait vu le bébé dans les mains du meurtrier et quand la lame entailla sa peau fragile, ses deux valeureux Compagnons avaient engagé le combat contre ce Prince des Ténèbres. Un combat dont la seule issue possible était la mort.

Maître Lichan avait réussi à saisir le nourrisson des mains de Féraï. Un filet de sang coulait le long de son cou. La blessure nécessitait l'intervention rapide d'un bon soigneur. Il avait lancé un dernier regard en arrière. Les Compagnons ne tiendraient plus longtemps. Ils allaient bientôt mourir, offrant leur vie pour tenter de sauver celle de ce bébé, qui était le dernier espoir de Noutan. Il s'était alors enfui aussi vite qu'il le pouvait. Il fallait qu'il rejoigne la Sorcière Sans Nom car il craignait un empoisonnement de la lame.

Un véhicule l'attendait à l'entrée de l'hôpital et il monta. Il banda la blessure du nourrisson et espéra arriver à temps.

À l'orée de la forêt Féliassande, la Sorcière attendait. Quand elle prit Azami, elle n'eut aucune expression. C'était une femme sans âge, vêtue toujours de noir, le visage partiellement caché au fond d'une large capuche. Elle refusa que quiconque la suive sous la tente que l'on avait dressée pour elle et elle n'en sortit que bien des heures plus tard, en tenant dans ses bras un bébé endormi mais vivant. Un bandage était noué autour de son cou pour protéger la blessure. Une blessure qui prendrait à la guérison la forme d'une cicatrice et qui resterait à jamais le témoin de ce funeste jour.

Mais Azami avait survécu à cette tragédie et il avait espéré qu'elle serait forte et courageuse.

En grandissant, Azami était devenue une belle jeune femme, sensible et fragile. Elle ressemblait encore à une enfant. Elle était très différente de Dark. Comment allaient-ils faire pour s'entendre ? Le vieil homme soupira. Pour l'instant, il fallait trouver les mots pour la réconforter.

Mais avant qu'il puisse parler, la jeune femme lui tendit la pelle et dit d'une voix douce :

—   Merci Maître Lichan. Je n'ai pas le droit de pleurer plus longtemps la mort de ce chaton. Pourriez-vous me montrer ma chambre s'il vous plaît ?

Le vieil homme hésita sur ses mots. Azami était bouleversée et cependant elle surmontait sa peine. Il lui sourit. Il était heureux de la sentir courageuse car Dark n'aurait aucune pitié.

Chapitre 4
Noutan, L'an 1335

Azami pénétra dans la salle qui servait de bibliothèque et de salle de réunion. Une grande table rectangulaire et de bois très lourd était accompagnée de quelques chaises assez vétustes. Tout un pan de mur était couvert de grandes étagères, habitées par des livres qui avaient semble-t-il traversé quelques siècles. À l'opposé, des armes très anciennes étaient exposées dans des vitrines : couteaux, sabres, frondes, haches. Elles avaient toutes été rapportées par des Compagnons lors de leurs expéditions. Elles venaient de tous les horizons et certaines avaient appartenu à d'illustres combattants. Au-dessus de la vitrine, des portraits étaient accrochés, offrant un visage à certains Compagnons qui s'étaient démarqués dans les champs de bataille lors de la Grande Guerre, opposant la Vierge Clytie et le Seigneur Sédah.

En face de la porte, deux larges fenêtres apportaient la lumière à cette pièce aux murs ternis par le temps.

Azami se rapprocha d'une des deux fenêtres. Elle donnait sur une vaste cour intérieure, où il y avait un puits en grosses pierres. Elle vit passer une jeune femme blonde, assez grande, qui portait une sorte de kimono beige et un sabre à la main. Elle avançait d'un pas déterminé et disparu à l'intérieur du bâtiment opposé par une porte en bois.

Elle n'avait pas encore rencontré cette jeune femme, mais elle espérait qu'elle serait plus aimable qu'une grande rousse qui s'appelait Akainou. Celle-ci était franchement très désagréable. Elle l'avait croisée la veille, tard dans la soirée. Elle avait refusé de lui serrer la main et l'avait toisée avec un mépris non dissimulé avant de se détourner d'une manière très grossière. Azami en était restée bouche bée, en la regardant s'éloigner.

Depuis son arrivée il y avait déjà deux jours, son tempérament naturellement enjoué était mis à rude épreuve.

Elle essayait de sourire mais les manières de ses Compagnons la déroutaient. Comme le jeune homme habillé en corbeau. Elle l'avait trouvé perché sur le toit du bâtiment situé le plus à l'est alors qu'elle découvrait avec ravissement un ancien lavoir. Le charme fut de courte durée devant son regard très sombre. Elle lui avait pourtant fait des signes avec un large sourire. Mais il n'avait pas bougé, l'épiant d'un œil mauvais de vautour, sans un mot.

Azami soupira. Ce ne sera pas facile de se faire accepter. Pourtant l'avenir de Noutan était entre ses mains. Elle se souvint du craquement des os de ce pauvre chaton. Dark lui avait brisé le cou, simplement pour la mettre en garde. Un frisson lui parcourut le dos. Il était effrayant.

Elle avait pleuré une bonne partie de la nuit, en silence dans sa chambre. Seule, elle s'était recroquevillée et avait laissé libre cours à son chagrin. Elle se montrait toutefois aussi courageuse que possible devant le maître, comme lui avaient conseillé Hana et Daisuke. Ils étaient de chaleureux Gardiens, qui avaient remplacé ses parents. Elle les aimait et ils lui manquaient.

Elle sortit de sa poche une petite photo : elle venait de fêter ses huit ans, et était encadrée de ses deux parents adoptifs. Ils souriaient tous les trois devant un gros gâteau et ils étaient heureux.

— Je ne vous décevrai pas. Vous m'avez tant donné…

Elle releva soudain la tête, essuya les larmes qui avaient coulé sur son visage et se retourna brusquement, en laissant échapper la photo, qui tournoya avant de se poser sur le sol. Un grand jeune homme se tenait adossé à la porte et l'observait. Elle remarqua tout de suite que son visage était marqué par une petite cicatrice sur sa pommette gauche. Cela lui rappela la sienne et elle toucha rapidement le col de son pull. Elle se rassura : elle était bien cachée.

Le jeune homme s'avança et ramassa la photo qui lui avait glissé des mains. Il l'examina brièvement et lui tendit.

— De toute évidence cela t'appartient. Je m'appelle Phung et pour l'instant, tu vas travailler avec moi, étant donné que tu as proposé généreusement ton aide au Maître.

Azami ne sut dire si c'était de l'ironie. La croyait-il incapable de faire quelque chose ?

— Je m'appelle Azami. Je serais ravie de te rendre service.

Pendant près d'une heure, Phung s'appliqua à lui expliquer en quoi consisterait sa tâche : trouver les clés des Portes des Ténèbres. Il y en avait une trentaine, exactement trente-sept, répertoriées dans le Grand Livre des Passages. Mais leur localisation était difficile et il fallait s'aider d'anciens ouvrages pour les retrouver car les choses avaient évidemment bien changé depuis l'an 159, où elles furent créées.

Phung avait expliqué que l'ouvrage avait été dérobé par Emi, la mère de Dark, quand celle-ci s'était enfuie du Palais des Ténèbres avec son fils alors âgé de onze ans.

— Elle était une très belle femme Samouraï. Sédah l'avait certainement choisi pour sa beauté, mais aussi sa bravoure et son intelligence.

— Que lui est-il arrivé ? Demanda Azami curieuse de connaître dans les détails la vie de son Promis.

— Elle fut mortellement blessée par un Guerrier Makkura en franchissant l'une des Portes. C'est un Chasseur qui trouva l'enfant auprès du corps sans vie de sa mère. Il tenait dans ses mains un ouvrage et son sabre maléfique.

Phung tourna un anneau en métal dans le mur et une lourde porte en pierre s'ouvrit entre deux étagères, en grinçant bruyamment. La pièce était sombre et petite. Il n'y avait aucune ouverture et l'air y était frais.

Phung prit un vieux bougeoir posé sur un guéridon et alluma la bougie. Azami n'était plus surprise de savoir que ce Manoir était dépourvu entièrement d'électricité et de quelconque modernisme. Il était si vétuste à l'extérieur comme à l'intérieur qu'il ne pouvait plus cacher son vieil âge.

La jeune fille suivit Phung tout émerveillée de pénétrer dans une pièce secrète. Elle observa quelques objets étranges rangés sur des étagères en bois acajou, qui avaient dû servir dans des temps très anciens. Phung lui montra ensuite une petite table où reposait un ouvrage en cuir, avec des motifs étranges. Azami se rapprocha et passa sa manche dessus pour enlever la poussière. Puis elle se pencha pour mieux voir car la lumière de la bougie était très faible.

— C'est l'écriture du peuple de Mirouan, qui appartient au Monde des Origines, expliqua Phung. L'auteur de cet ouvrage est le Sorcier Moyo. Il y décrit les trente-sept Portes et la localisation des trente-sept clés qu'il a personnellement créées. Ce sont des petites pierres que seuls des Mortels peuvent tenir dans leurs mains.

— Ce sorcier a tout pensé en confiant les clés à des Mortels.

— Oui. Les Mortels sont faciles à tuer s'ils s'approchent des Portes. Le Sorcier s'est ainsi assuré que personne ne tenterait de les détruire sans son consentement ou celui de son Maître, le Seigneur Sédah. Leurs gardiens sont de terribles Guerriers qui n'hésitent pas à supprimer tout Mortel qui s'aventurerait trop près de l'une d'elles. Et aucun Mortel n'est assez fou pour se mesurer seul face à un Guerrier.

Phung se tut puis poursuivit avec fierté :

— À l'heure actuelle, nous avons pu détruire douze Portes.

Azami ouvrit délicatement le livre. Les pages avaient un peu jauni avec le temps mais l'ouvrage était bien conservé. Il y avait quelques croquis montrant des forêts, des rivières ou des montagnes, et au-dessus ou en dessous, des lettres étranges recourbées comme les vagues de la mer, accompagnées de points ou de traits tout aussi mystérieux. L'écriture était soignée. En l'observant attentivement, elle déduisit que le Sorcier avait un esprit très rigoureux.

—   Tu sais déchiffrer cette écriture ? Demanda Azami avec admiration.

Phung sourit et referma le livre.

—   Non. La Vierge Clytie l'a traduite.

Il l'invita à sortir de la pièce et referma la porte en tournant l'anneau dans le sens inverse. Puis il prit sur l'étagère un ouvrage beaucoup plus grand qu'il tendit à la jeune fille.

—   Celui-ci est pour nous.

Chapitre V Noutan, L'an 1335

La vie au Manoir s'écoulait paisiblement et les journées d'Azami se ressemblaient toutes. Le matin, elle aidait Phung dans ses recherches. Celui-ci commençait enfin un peu à se dérider et à lui faire confiance. Les après-midi étaient consacrés à restaurer les jardins envahis par la végétation sauvage et à aider le Dévoué Doun Doun, l'homme à tout faire. Il était tout à la fois : cuisinier, jardinier, chef du lustrage. Si l'on avait besoin de quoi se soit, il fallait aller voir Doun Doun, le roi du bricolage et véritable fée de la maison. Il était amusant et Azami s'occupait en l'aidant souvent.

Azami avait fait la connaissance de Minh, la grande blonde au kimono beige. Elle était sympathique et Azami s'en était fait une alliée.

Akito venait la voir souvent et il était d'une compagnie agréable : très jovial et taquin. Azami avait réussi à fabriquer une lotion à base de racines pour dompter sa chevelure sauvage et ils étaient devenus amis.

Finalement, il n'y avait que les Repentis et leur maître Dark qui avaient décidé de lui gâcher la vie depuis maintenant deux mois. Leur agressivité mettait sa patience à rude épreuve. Mais elle avait réussi à conserver son sourire, ce qui semblait les agacer encore plus.

Elle rencontrait peu Dark et quand elle le croisait accidentellement, il la toisait avec mépris, ce qui avait pour conséquence de la terrer dans son coin. Elle détestait son sourire moqueur et cruel. Il dégageait de sa personne une colère infinie. Azami essayait de se rassurer en se convainquant qu'elle n'était pas la principale responsable. Elle était certaine qu'il souffrait et que cette douleur se transformait en agressivité. Azami espérait que les Ténèbres ne l'engloutissent pas et qu'il continuerait à maîtriser la Mal qui tentait de l'envahir un peu plus chaque jour. Cela devait être éprouvant et Azami devait prendre son mal en patience, même si le temps œuvrait contre eux…

Quant aux Repentis, ils lui jouaient souvent des mauvais tours. Azami n'aurait su dire qui de Mamoru ou d'Akinou était le plus agaçant : Mamoru avec son regard d'oiseau de proie ? Ou la sarcastique Akainou ? Dark les avait très certainement invités à la harceler et ils remplissaient leur mission avec beaucoup d'application.

Malgré l'hétérogénéité des caractères, le Manoir semblait paisible et silencieux. La vie des Compagnons était rythmée par les durs entraînements au combat et les courses de motos. Excepté Phung, tous se livraient à leur passion et concouraient pour se détendre. Ils n'avaient semblait-il aucun ami extérieur. Le Manoir devait garder leurs secrets et n'admettait aucune visite fortuite.

Le Manoir se trouvait niché sur une petite montagne, non loin de Goursul, une ville qui avait toutes les commodités nécessaires. Une haute clôture de pierre l'encerclait et seul un large portail de fer forgé couleur rouille en permettait l'accès.

Le domaine du Manoir était grand et très ombragé. Un chemin en terre bordé de pierres grises se frayait un passage à travers les arbres et se scindait en deux : d'un côté, il menait au Manoir, de l'autre à un grand hangar qui servait de garage pour les véhicules des Compagnons.

Celui qui menait au Manoir passait par un petit pont qui enjambait un bassin avec des tortues d'eau et des poissons mystérieux qu'on avait beaucoup de peine à distinguer dans l'eau verdâtre. Quelques plantes d'eau y poussaient et donnaient à ce bassin un aspect un peu négligé.

Le chemin débouché ensuite sur le Manoir, protégé par de grands arbres centenaires qui se dressaient à ses côtés comme une garnison.

Le Manoir était composé de quatre bâtiments formant un carré. Il était en vieilles pierres et les toits étaient couverts d'ardoises plates de couleur sombre. Aux deux angles de la façade principale, il y avait une échauguette qui veillait sur la tranquillité des lieux. L'aspect était massif et l'on était surpris, en pénétrant dans le bâtiment, de trouver une cour intérieure pavée et un puits en pierre.

De larges fenêtres perçaient ses murs pour éclairer les pièces dépourvues d'électricité. Et à l'intérieur du Manoir, un balcon longeait les façades du premier étage. Les bâtiments ne comptaient que trois étages exceptés pour le bâtiment principal qui en avait quatre. Un souterrain, accessible depuis une trappe cachée dans le Manoir, menait à des pièces actuellement abandonnées et conservait les armes autrefois utilisées par les Compagnons. Il y avait aussi un passage conduisant à l'extérieur de la propriété et permettant aux occupants de fuir en cas de nécessité.

Le Manoir dégageait un aspect lugubre et repoussant. Les façades manquaient d'entretien et le lierre avait agrippé les pierres comme des milliers de tentacules. La végétation qui poussait tout autour avait pris possession des lieux.

À l'extérieur des bâtiments, le lavoir qui avait bien servi dans des temps plus anciens était maintenant encombré de plantes sauvages. Cependant le calme qui y régnait permettait d'entendre s'écouler un ruisseau et d'écouter le chant mélodieux des oiseaux.

En s'éloignant du Manoir, un petit sentier pénétrait la forêt et débouchait sur une source chaude. C'est à cet endroit que les Compagnons prenaient quelquefois un bain pour se relaxer.

Azami n'avait pas eu d'autorisation pour quitter cet endroit, qui devenait sa prison un peu plus chaque jour. Mais cela n'avait pas d'importance car son sacrifice en valait la peine.

Elle avait vécu toute sa vie cachée afin que le Seigneur Sédah ne la trouve pas. À la mort de ses parents, elle avait été confiée à un couple de Gardiens, Hana et son mari Daisuke. Ils se chargèrent de l'élever à l'écart de tous dangers pour qu'elle devienne un jour la Promise du Prince Dark. Mais ils lui avaient aussi offert beaucoup d'amour. Azami avait eu une enfance joyeuse et ne regrettait pas d'avoir été contrainte à vivre à l'écart de la société. Aujourd'hui, la situation avait un peu changé : elle vivait dans un Manoir et était entourée de Compagnons. Elle avait enfin des amis avec qui elle pouvait rire ou bien… Pleurer.

Cependant, la situation allait brutalement changer.

Azami taillait les petits arbustes qui garnissaient l'un des côtés du Manoir. Elle tentait de leur donner une forme plus attrayante que celle qu'ils avaient prise de manière anarchique.

Doun Doun fredonnait une belle mélodie à ses côtés, tout en l'aidant dans sa tâche. C'était agréable de travailler avec lui. Il était toujours de bonne humeur. Ce Mortel était au service des Compagnons depuis une trentaine d'années. Mais il avait été affecté au Manoir à la mort de son prédécesseur, une dizaine d'années plus tôt. Les Dévoués étaient choisis pour leur honnêteté et leur fidélité envers la Princesse Clytie. Ils n'avaient pas de famille et avaient sacrifié leur propre vie pour servir les Compagnons. Un peu comme elle…

Doun Doun s'était soudainement tu et Azami suspendit son geste pour écouter les véhicules qui arrivaient rapidement. Ils entendirent des portes de voitures claquer. Il était étrange de se garer si proche du bâtiment principal. Maître Lichan demandait aux Compagnons de mettre leurs véhicules dans le garage, situé bien avant l'accès au Manoir, afin de préserver, disait-il, la sérénité de cet endroit magique.

Des gémissements suivirent. Quelqu'un souffrait et Azami se crispa. Elle abandonna ses outils et courut jusqu'à l'entrée, suivi de Doun Doun. Il y avait un peu de sang sur le sol. Elle savait que les Compagnons partaient en mission. Parfois il s'agissait de missions de reconnaissance pour évaluer les forces en présence ; d'autres fois, c'était dans le but de détruire les Portes. Bien souvent, elle ne l'apprenait que quand les Compagnons étaient déjà partis. Ils revenaient deux ou trois jours après et toujours tard dans la soirée. Aujourd'hui, leur retour précipité en pleine journée annonçait un mauvais présage.

Azami courut à l'infirmerie du rez-de-chaussée. Elle fut stoppée dans son élan par Phung qui l'attrapa par la taille. Elle tenta de se dégager de son étreinte quand elle s'aperçut que son ami était épuisé. Ses vêtements étaient tachés de sang.

— N'entre pas, dit-il d'un ton las. Le Maître s'occupe d'Akito.

Doun Doun passa devant elle, le visage grave, et disparut derrière la porte. Akito était donc blessé. Son ventre se noua.

Elle remarqua Minh assise sur une des chaises du couloir, la tête dans ses mains. Elle était blessée au poignet.

— Minh…

Celle-ci releva la tête et la regarda tristement. Sa lèvre était fendue et son visage tuméfié.

Soudain, l'une des portes de l'infirmerie s'ouvrit brutalement. Dark en sortit l'air encore plus sombre que de coutume. Il passa devant elle, sans la voir, suivi des deux Repentis qui paraissaient aussi avoir souffert.

— Que s'est-il passé ? Demanda Azami inquiète.

Phung la relâcha et s'adossa contre le mur.

— Nous avons rencontré Nil, l'un des frères de Dark. Il nous a tendu un piège. Nous avons battu en retraite et nous avons perdu Laïdao.

— Le Porteur des clés ?

— Oui. Akito a récupéré la clé mais cela lui a brûlé complètement la main. La brûlure s'est répandue sur une partie de son corps.

Azami était horrifiée. Elle savait combien la Pierre était dangereuse pour des Immortels. Le Sorcier Moyo les avait toutes ensorcelées.

— Je vais aider le Maître.

Phung ne tenta plus de l'en empêcher. Il pensa alors comment il devait annoncer la nouvelle à la famille de Laïdao. Ce ne serait pas facile comme toujours. Depuis qu'il était devenu un Compagnon à l'âge de seize ans, il en avait vu des Porteurs de clés, choisis parmi les dix familles noutaniennes, impliquées dans le combat pour l'avenir de Noutan. C'était toujours difficile de trouver les mots pour exprimer la fin tragique d'un des leurs. Phung sortit pour décompresser un peu. L'état d'Akito l'inquiétait beaucoup.

Dans la pièce, Maître Lichan décollait les bouts de tissus de la peau d'Akito. Cela devait faire horriblement mal. Akito était brûlé sur une bonne partie de son torse et son bras droit. Heureusement, le Maître l'avait endormi pour le soigner. Doun Doun préparait un onguent à base de plantes fraîchement cueillies et d'une poudre de racines permettant d'endiguer la progression du poison de la Pierre.

Sans se retourner, le Maître lui demanda, de sa voix toujours posée et douce :

— Veux-tu bien me prendre un peu d'eau froide Azami ?

Azami le lui apporta et l'aida à décoller les tissus avec une pince. Parfois, un bout de chair venait avec. Azami tentait de garder son calme et de refouler son envie de pleurer. Akito avait certainement dû souffrir atrocement.

La fièvre ne baissait pas et son corps était couvert de sueur. Sa respiration était difficile comme si les poumons avaient été atteints.

— Est-ce qu'il va…

— Ne t'inquiète pas. Les Immortels se régénèrent très bien. Si les blessures ne sont pas mortelles, alors le corps guérit. La Vierge Clytie lui a transmis l'Immortalité et il est un gaillard costaud même s'il ne le parait pas.

Azami pensa que pour Dark c'était différent. Il était né d'un père Immortel, issu du monde des Origines, et d'une Immortelle née à Noutan. Il était un Prince des Ténèbres puissant et contrairement à Akito, seul un des sept sabres maléfiques fabriqués par Moyo pouvait le tuer ou le blesser grièvement.

Une fois les blessures nettoyées, le Maître se lava les mains et commença à appliquer l'onguent préparé par le Dévoué. Il insista davantage sur les parties de la peau qui avaient un aspect cartonné ou une couleur très brune. Puis il les couvrit de feuilles de plantes aux vertus apaisantes. Akito avait eu de la chance : le poison n'avait pas atteint ses organes vitaux. Il souffrirait mais ne conserverait qu'un souvenir douloureux de cette tragédie.

Azami posa sur son front un linge humide et frais, puis elle essuya délicatement son visage. Son souffle était redevenu régulier.

— Maître, qui portera les clés maintenant ? Demanda la jeune fille inquiète.

— Chaque jour un souci, Azami. Nous discuterons bientôt.

Chapitre VI
Noutan, L'an 1335

Akito ouvrit les yeux. Il se sentit un bref instant un peu perdu. Puis tout lui revint en mémoire : la Porte, les Guerriers Makkuras, le Prince des Ténèbres, la mort de Laïdao, la Pierre… Maudite Pierre ! Il avait un peu hésité à la récupérer, sachant les conséquences qui en suivraient. Mais il n'avait pu se résoudre à l'abandonner.

Il tenta de se relever et grimaça. La douleur s'accentuait s'il essayait de changer de position. Mieux valait rester sagement coucher. Il remarqua Azami, allongée sur le lit voisin. Elle dormait paisiblement, ses longs cheveux noirs lui couvrant une partie du visage. Il observa ses traits fins et réguliers, sa peau claire. Il se rappela son rire. C'était vraiment injuste qu'elle soit destinée à ce tyran de Dark. Elle était beaucoup trop vulnérable pour lui. La nature aurait mieux fait de lui donner une vipère pour compagne. Il rit en l'imaginant ce qui réveilla Azami. Elle se redressa et d'un bond, elle fut près de lui :

—   Je suis désolée, je me suis assoupie ! As-tu mal ?

—   La sensation de chaleur a diminué mais c'est toujours douloureux !

Azami releva un peu le lit et lui porta à boire.

—   Le Maître est confiant. Dans sept ou huit jours, ta peau va cicatriser complètement ! Alors soit patient !

—   Et bien j'espérais que la douleur disparaîtrait plus vite !

La jeune fille tira les rideaux. Le soleil venait de se lever. Il n'y avait pas un seul nuage à l'horizon. Ce serait une belle journée d'automne.

—   Doun Doun t'a sûrement préparé un bon petit-déjeuner. Maintenant que tu arrives à râler, tu peux certainement manger !

Elle se retourna et s'approcha de lui pour vérifier ses bandages. Il se mit à rire.

— Est-ce que tu vas me faire la toilette aussi ? Demanda-t-il en la taquinant.

— Avec un gant de crin !

— Là, tu n'es pas marrante. Va chercher mon petit-déjeuner.

Azami rit et cela fit du bien à Akito de l'entendre. Ce petit bout de femme était un rayon de soleil dans ce Manoir. Elle était enjouée et toujours de bonne humeur. Elle rendait service à tout le monde sans jamais rien attendre en retour.

Depuis son arrivée, le Manoir s'était animé et paraissait en meilleur état. Les jardins avaient retrouvé un aspect plus attrayant. Les arbustes qui garnissaient l'entrée, avaient été taillés. Par endroits, les mauvaises herbes avaient été arrachées et certains arbres furent élagués. Les nombreux bassins de la propriété reprenaient peu à peu leur allure d'autrefois, même si le chantier était colossal. De jour en jour, vivre au Manoir devenait toutefois plus agréable. Azami lui insufflait une nouvelle jeunesse.

Azami avait aussi des projets de rénovation pour certaines pièces qui nécessitaient un peu de rafraîchissements. Mais les Repentis restaient hostiles à l'intrusion de la jeune fille dans leur intimité. Ils considéraient certaines parties du Manoirs comme étant les leurs et refusaient catégoriquement qu'Azami y pointe ne serait-ce que le bout de son nez. Ils n'étaient pas très sympas à son égard et Akito restait sur ses gardes. Il n'était pas rassuré dès que son amie était un peu loin de lui. Alors il s'arrangeait souvent pour lui venir en aide, histoire de garder un œil sur elle, mais aussi il faut bien se l'avouer, profiter un peu de sa compagnie.

— Très bien, je reviens. Mais ne te sauve pas, plaisanta la jeune fille.

Akito montra son bras momifié avec une grimace.

— Ne t'inquiète pas. Je vais sagement t'attendre.

Azami ouvrit la porte et tomba nez à nez avec Akainou qui tenait un plateau dans ses mains. Elle paraissait gênée, bafouillant des excuses et d'autres mots qu'Azami ne comprirent pas. La situation devait lui paraître grotesque. Un Repenti se souciant d'un samouraï était ridicule. Pourtant elle était plantée devant la porte de l'infirmerie, avec un plateau dans les mains, destiné à un Compagnon des plus irritants.

Azami l'invita à entrer et Akinou s'approcha d'Akito. Elle était tendue, ne sachant comment aborder le sujet de sa venue de peur de se faire railler. Mais l'état du jeune homme l'avait inquiété. Quand elle l'avait vu ramasser la Pierre, elle avait blanchi. Sa main et son bras avaient rougi violemment, puis il avait hurlé de douleur. Sa peau avait commencé à fumer, le poison et la magie du Sorcier Moyo se répandant dans son corps. Akainou avait craint le pire.

— Doun Doun m'a donné ça pour toi, dit-elle un peu maladroitement.

Elle déposa bruyamment le plateau sur la desserte près du lit. Akito s'était crispé. La proximité des Repentis avait le don de le mettre sur la défensive. Il ne souriait plus du tout et sa bonne humeur s'était volatilisée. Akainou devait certainement se réjouir de le voir impotent et momifié. Elle rapporterait son état aux deux autres comparses et leur rire traverserait les murs pour venir jusqu'à ses oreilles. Il les maudissait de les savoir sur leurs deux jambes, à se pavaner comme des coqs dans les couloirs !

— Tu as empoisonné mon petit-déjeuner ?

Akainou sembla blêmir sous l'accusation et toute sa volonté pour paraître aimable vola en éclat, comme un cristal qui aurait explosé. Elle saisit le plateau et sans hésitation lui renversa le contenu sur ses jambes. Akito fit un bond en hurlant. Le lait chaud lui brûlait les jambes. Azami se précipita pour lui retirer le drap trempé.

Akainou le toisa de toute sa hauteur, les lèvres pincées.

— Finalement tu parais avoir recouvré la santé. J'avais tort de me faire du souci à ton sujet. Ta santé était aussi robuste que ta langue de serpent.

— Toi, je vais…

Mais Akainou avait claqué la porte. Azami ramassa le bol et les aliments qui s'étaient renversés. Elle avait vite appris que les rapports étaient un peu tendus entre Akito et les Repentis. Bien souvent, des conflits éclataient pour des broutilles et le Maître intervenait pour calmer les esprits, toujours avec calme et sagesse.

Akito s'allongea, très fatigué. Les hostilités avec Akainou avaient vidé ses réserves d'énergie pour la journée.

— C'est une vraie garce.

— Je pense que tu n'aurais pas dû la blesser, Akito. Cela a dû lui demander beaucoup d'efforts pour venir te voir. Ce n'est pas dans ses habitudes de s'inquiéter pour son prochain.

Akito la coupa.

— Cette fille n'a aucun humour et elle déteste le monde entier, excepté bien sûr son maître Dark. Ses sautes d'humeur m'agacent ! Je ne l'apprécie pas du tout.

— Pourtant elle t'a apporté un plateau. C'était gentil de sa part. Je ne connais pas d'autres personnes qui auraient pu susciter une telle réaction chez elle.

— De toute façon, je n'ai plus faim maintenant.

Il ferma les yeux comme un petit enfant qui bouderait et cela la fit sourire.

— Très bien. Je reviendrai plus tard. Repose-toi bien.

Azami quitta la pièce et traversa le couloir pour se rendre à la bibliothèque. Elle fut surprise d'y rencontrer Dark. Il avait le dos tourné et observait avec attention une hache à manche courte qu'il avait prise dans la vitrine : une arme antique à double tranchant, extrêmement rare dans cette région, où le katana était principalement utilisé. Il la mania un instant avec souplesse puis la reposa dans le meuble.

Azami se tint immobile devant l'encadrement de la porte de la bibliothèque, attendant un signe de sa part. Vêtu d'un pantalon ample marron et d'une chemise col mao de couleur crème qui dessinait son corps fin et musclé, Dark était impressionnant. Une force puissante émanait naturellement de tout son être.

Il se tourna avec une lenteur délibérée et son regard plongea dans le sien comme pour fouiller ses pensées les plus intimes. Il lui semblait vraiment que chaque geste était calculé pour l'intimider.

Dark avait un côté arrogant et ténébreux qui la rendait nerveuse. Elle recula d'un pas, prête à renoncer à l'affronter. Mais le jeune Prince interrompit sa fuite :

—   Entre. J'ai à te parler.

Peu rassurée, Azami pénétra dans la pièce malgré elle et referma la porte. Le ton était sec et ressemblait plus à un ordre qu'à une invitation.

Chapitre VII
Noutan, L'an 1335

Savourant l'effet de panique qu'il suscitait chez la jeune fille, Dark se rapprocha lentement. Il entendait le cœur de la jeune fille cogner dans sa poitrine comme une grosse caisse. Elle était terrorisée. Rien n'échappa à son regard de félin : les bras repliés et collés à son corps comme un bouclier, sa bouche qui se mordait la lèvre inférieure. Il exultait intérieurement. Elle était prête à défaillir et il aimait la savoir en son pouvoir.

Azami essaya de se réconforter en se disant qu'il n'allait tout de même pas oser lui briser le cou. Mais elle n'arrivait pas à arrêter son corps de trembler. Elle devait être bien risible, ressemblant à une musaraigne apeurée, devant la grosse patte du prédateur.

Quand Dark fut à sa hauteur, Azami recula et buta contre la porte. Dark continua d'avancer et plaça une main de chaque côté de la jeune fille. Il se pencha et repoussa ses longs cheveux. Il approcha son visage de son cou, conscient du malaise de la jeune fille.

—   Je me demandais quelle odeur tu pouvais avoir… Un mélange de chèvrefeuille et de fleurs d'oranger. Ton odeur est agréable.

Sa voix était grave et belle. Il effleura son cou du bout des lèvres, traçant une rivière de feu le long de ses veines. Azami était tendue, le cœur prêt à lâcher.

Soudain, il se retira, comme si elle l'avait piqué. Azami sursauta en même temps. À leur contact, une décharge électrique sembla avoir traversé leurs deux corps.

Azami sentit un picotement dans la paume de sa main droite. Quand elle l'ouvrit, elle s'exclama : une marque noir foncée composée de tracés étranges était apparue et scintillait faiblement. La marque des Promis, le symbole de leur attachement. S'ils s'unissaient un jour, la marque deviendrait dorée et brillerait dans leur paume, comme le reflet de leur promesse de ne jamais se quitter.

Dark se crispa devant l'apparition du symbole sur la main de la jeune fille et ils restèrent un moment à se dévisager, en comprenant qu'un simple effleurement entre eux pouvait déclencher une vague de sensations inconnues et puissantes. Dark recula et mit les mains dans ses poches, tentant de faire disparaître les picotements à sa paume. Il afficha un sourire moqueur.

— Nous avons besoin d'un Mortel. J'ai pensé qu'en acceptant de remplacer Laïdao, tu pourrais montrer à tous combien tu étais courageuse.

Azami pâlit. Remplacer Laïdao lui avait traversé l'esprit. Elle aurait voulu prouver à Dark qu'elle pouvait être forte. Mais elle n'imaginait pas qu'il lui proposerait, certainement dans l'espoir de se débarrasser encore d'elle. Les Porteurs de clés avaient une espérance de vie très courte et ce n'était pas la place d'une Promise qui avait l'ambition de se lier à un Prince capricieux.

Elle était soudainement triste et déçue. Dark s'entêtait à camper sur ses positions en la maintenant hors de sa vie et en espérant la voir disparaître.

— J'imagine que tu en as discuté avec Maître Lichan.

— Je lui ai dit que tu accepterais volontiers. Une occasion comme celle-ci ne se présente pas tous les jours. N'est-ce pas ?

Azami leva le visage vers lui et le regarda droit dans les yeux. Elle chercha à deviner ses pensées mais il restait impassible. Il n'y avait aucune faille dans cette carapace qu'il s'était construite pour se prémunir des souffrances. Il n'était qu'un bloc de dureté, un être impitoyable, déterminé et inflexible. Comment l'atteindre sans qu'il ne la détruise ?

— Je crois aussi que c'est une bonne idée.

Elle sourit pour masquer son désarroi. Il lui toucha le visage et elle sentit encore le courant la traverser. Pourtant cette fois-ci, il ne sembla ressentir quoi que ce soit.

— C'est bien. Tu comprends vite.

Comme une caresse, il déposa ses lèvres sur son front et quitta la pièce, la laissant seule face à ses sentiments. Azami porta alors ses doigts à l'endroit où son Promis avait déposé ses lèvres. Le piège venait de se refermer sur la jeune fille.

Chapitre VIII
Noutan, L'an 1322

Le jeune garçon était doué. Il n'avait que douze ans et il était déjà très rapide. Ses coups étaient précis et puissants. À n'en pas douter, il serait un guerrier redoutable.

Maître Lichan l'observait depuis un moment. Dark était grand pour son âge, bien plus grand que les enfants de Noutan. Son corps était fin mais ses muscles commençaient à se dessiner. Les enfants immortels de naissance développaient des capacités physiques hors du commun : force, rapidité, détente. Très jeunes, leur force égalait rapidement celle d'un homme noutanien d'une vingtaine d'années. Plus tard, ils développaient d'autres pouvoirs comme celui de créer de la glace, du feu, de réduire en cendre, ou encore d'infliger des douleurs. Leurs sens devenaient très sensibles. Ils étaient également très mûrs pour leur âge.

Maître Lichan était à chaque fois médusé devant les progrès de Dark. Des milliers de petites particules étaient suspendues en lévitation tout autour de lui. Au centre, Dark maniait son sabre avec souplesse, les deux mains tenant le tsuka. La lame parfaitement polie avait un tranchant redoutable et maléfique, capable d'infliger aux Immortels des blessures difficiles à soigner, ou pis encore, des blessures entraînant la mort. Une inscription mystérieuse était gravée sur la lame.

Le garçon n'avait pas souri une seule fois depuis son arrivée un an plus tôt. Son attitude était toujours froide comme s'il avait refoulé tous ses sentiments. Il parlait peu et il était très solitaire, refusant de se mêler aux autres Compagnons, même les plus jeunes comme Akito. Il passait son temps à s'entraîner seul au combat.

Le jeune garçon finit par s'arrêter et les particules en suspension retombèrent tout autour de lui sans le toucher. Il rangea son sabre et s'approcha du vieil homme.

— Vous vouliez certainement me parler, Maître.

— Oui en effet Dark. Veux-tu t'asseoir près de moi ?

L'enfant préféra rester debout. Il avait du mal à supporter le contact des gens ou leur proximité. Le Maître poursuivit :

— Ta Promise est venue te rendre visite. Elle s'appelle Azami. Comme tu le sais, ses parents sont morts le jour de sa naissance. Des Gardiens s'occupent d'elle maintenant. Nous pensions qu'il serait convenable de te les présenter.

Le Maître attendit une réaction sur le visage du garçon mais rien. Il restait de marbre, comme si aucun sentiment ne l'habitait. Les mots semblaient le traverser sans jamais émouvoir sa jeune âme.

Le Maître ne connaissait pas grand-chose de ce que fut sa jeunesse dans le Palais du Monde des Ténèbres car Dark ne racontait rien. Mais il imaginait que cela avait dû être terrible, au vu des nombreuses cicatrices qui marquaient son jeune corps. Il avait beaucoup de peine pour cet enfant qui n'avait pas eu de père pour le protéger et l'aimer.

— Ta Promise est très jolie et elle est pleine de vie ! Souhaiterais-tu la rencontrer ?

Soudain, un rire enfantin les interrompit. Une petite fille avec de longs cheveux noirs avait grimpé sur un muret et riait aux éclats en tenant un énorme chapeau. Son corps était fin et fragile. Une dame en colère essayait de l'attraper mais la petite fille était rapide. Un homme s'amusait lui aussi devant ce spectacle. La dame était revenue sur ses pas et on devinait aisément à l'expression de son visage que le monsieur devait se faire réprimander.

C'est alors qu'ils se tournèrent vers la jeune fille, alertés par ses pleurs. Elle était tombée du muret, le chapeau complètement écrabouillé sous son ventre. Les parents adoptifs avaient accouru et examinaient les blessures. La dame la grondait. Avec maladresse, la petite fille essuya ses larmes avec le revers de sa robe. Le monsieur la prit dans ses bras et lui murmura à son oreille des mots pour la réconforter. La petite fille sourit et repartit en courant pour disparaître dans le Manoir.

Dark sentit la colère monter en lui. Il détestait ce genre de mascarade sur la famille parfaite ! Il n'avait pas le temps de jouer à la nourrice avec une enfant qui passait son temps à s'amuser avec des futilités.

Se lier avec elle ? Il pensa à ses grands yeux bleus innocents et à son visage pâle et délicat. Son rire était spontané et commutatif. Elle ne ressemblait en rien à ce qu'il avait connu. Il maîtrisa sa colère : ne rien ressentir. Il se devait d'être indifférent à tout cela.

Pourtant quelque chose en lui s'était éveillé quand il l'avait aperçue. Dark n'avait que deux mots qui lui revenaient à l'esprit pour décrire sa Promise : fragile et désirable. À l'avenir, il faudrait donc qu'il soit prudent car en grandissant, elle pourrait devenir un danger pour lui. Il se retint d'aller lui couper la tête sur-le-champ en se rassurant qu'il le ferait plus tard si on persistait à vouloir les lier.

Quand Dark se tourna vers le Maître, son regard pénétra le sien. Son expression était dure.

— 	Elle ne m'intéresse pas.

Maître Lichan ne masqua pas sa tristesse.

— 	Dark, tu connais l'histoire de ton père. Tu sais qu'à tes vingt-cinq ans, ton corps ne vieillira plus. En revanche, tes pouvoirs vont se décupler. Si tu ne te lies pas à elle alors tu ne pourras plus les maîtriser et tu deviendras comme ton père.

— 	Ne me parlez pas de ressemblance avec lui.

Le ton était menaçant mais Maître Lichan poursuivit sans se laisser impressionner.

— 	Azami peut te sauver Dark.

— 	Je n'ai qu'un objectif dans ma vie, celle de tuer mon père, le Seigneur des Ténèbres. Je dois donc devenir puissant.

Si je me lie, vous connaissez les conséquences : mes pouvoirs se figeront. Je n'aurais aucune chance face à lui.

—   Et que deviendras-tu ? Tu basculeras dans les Ténèbres toi aussi.

Dark reprit son sabre dans le fourreau fixé à son dos.

—   Éloignez cette enfant à l'allure fragile et maladive. Si elle devient un obstacle, je l'éliminerai.

Dark s'était alors détourné et repartit s'entraîner. Maître Lichan s'était relevé. Il fallait mettre à l'abri la petite fille jusqu'aux vingt-cinq ans de Dark. Après, et bien, il verrait. Il sourit de satisfaction. Azami avait enfin suscité une réaction chez le jeune homme. Dark était resté un moment hypnotisé devant la fraîcheur de la jeune fille. Elle l'intriguait.

Chapitre IX
Noutan, L'an 1335

Alors qu'ils allaient bientôt arriver au Gouffre du Géant, Minh demanda encore à Azami.

— Es-tu sûre de vouloir nous accompagner ?

Azami lui sourit. Elle voulait rassurer son amie.

— J'ai pris ma décision Minh. Ne t'inquiète pas. Je resterai à tes côtés et je ne m'éloignerai sous aucun prétexte.

Minh s'adossa à son siège.

— Cela ne me dit rien qui vaille.

Phung appuya sur l'accélérateur. Il ne voulait pas se faire distancer par le véhicule qui le précédait. Mamoru prenait des risques en conduisant aussi vite. Ces maudits Repentis ne mesuraient jamais leurs attitudes. Il pesta lorsqu'il aborda un virage un peu trop serré. La route était à flanc de montagne et si étroite que les roues du véhicule caressaient le précipice.

— Je vais finir par l'étriper, ragea Phung. À ce rythme, nous allons basculer dans le vide.

— On est bientôt arrivé. Après il faudra marcher un peu avant d'atteindre le Gouffre, annonça Minh.

— Pensez-vous que les Guerriers Makkuras nous attendent ? Demanda Azami inquiète.

Minh répondit :

— Je pense. Ils savent que nous avons la Pierre et que nous avons échoué. Mais ce qu'ils ne savent pas c'est que nous leur avons préparé une petite surprise.

— Tu veux parler du passage qui mène au Gouffre ? Demanda Azami.

— Parfaitement. Ce passage fut construit bien avant l'arrivée du Sorcier Moyo dans notre monde. Autrefois, le peuple Fromion vivait dans ces contrées. Les nuits, une créature effroyable se promenait dans la forêt. Elle enlevait des hommes essentiellement, non pour les manger mais pour les sacrifier.

— Une bête qui pratiquait le sacrifice ?

— Qui t'a parlé d'une bête ? C'était un Géant. On dit qu'il les dépeçait vivants avant de les monter sur une pique.

Azami était écœurée. C'était affreux cette histoire de Géant.

— Oui tu as raison d'être horrifiée.

Minh poursuivit son histoire.

— Le Géant fut retrouvé mort dans la forêt bien des décennies plus tard. On pense qu'il mourut de vieillesse ou d'une maladie. Mais le plus intéressant aujourd'hui, c'est que ce peuple nous a légué un passage qui leur permettait de franchir une bonne partie de la forêt sans être vu.

— Et ce passage mène au Gouffre du Géant.

— Oui, il porte bien son nom. C'est là-bas qu'on l'a retrouvé sans vie.

— On arrive, intervint Phung. Va falloir marcher maintenant !

Azami sortit du véhicule. Elle mit la Pierre dans sa poche et ferma sa veste. Il fallait qu'elle réussisse sa mission, pour que le sacrifice d'Akito ne soit pas vain. Avant de partir, elle lui avait promis de revenir en un seul morceau.

Le jeune homme s'en voulait de ne pouvoir les accompagner mais ses blessures le faisaient encore souffrir. Il était resté en tailleur sur son lit, la bouche boudeuse et les cheveux emmêlés. Azami avait tenté de le faire rire mais il n'avait cessé de marmonner son mécontentement.

— Eh la rêveuse ! L'apostropha Akainou. Tu comptes te défiler ?

Azami sortit de ses pensées. Akainou la regardait avec un sourire moqueur et Dark la dévisageait avec un air indéchiffrable. À quoi pensait-il ? Azami suivit le petit groupe et ils pénétrèrent dans la forêt.

Après ce qui sembla être une éternité tellement la végétation était dense, ils trouvèrent enfin l'entrée du passage qui les mènerait au Gouffre du Géant. À coups de machettes, ils durent enlever les arbustes épineux qui l'avaient envahi, puis ils y pénétrèrent en file indienne. Chacun alluma une torche et le groupe suivit Mamoru en silence. La tension était palpable. Il n'y avait aucun bruit, excepté celui de leurs pas sur la roche.

Chaque Samouraï avait emporté ses armes. Phung et Akainou portaient à la ceinture un long sabre peu incurvé. En revanche, celui de Mamoru était plus court et la courbure de la lame plus accentuée.

Dark avait un sabre fabriqué par le Sorcier Moyo. On dit que chaque Prince des Ténèbres avait le sien et qu'ils étaient les seuls à pouvoir les manipuler. On affirmait aussi qu'ils avaient été forgés dans un poison qui pouvait les détruire. Ils étaient donc les seules armes à pouvoir vaincre un Immortel de naissance.

Dark portait le sien fixé à son dos. La lame était légèrement recourbée. Sur son manche, il y avait des inscriptions. Azami reconnut l'écriture du peuple Mirouan. Elle tenta d'observer de plus près un symbole qui ressemblait étrangement à la marque qui était apparue dans sa paume. Dark dut s'en rendre compte car il s'arrêta soudainement et elle le percuta brutalement. Il la toisa avec dédain.

— Regarde devant toi et prends tes distances !

— Je suis désolée !

Elle remarqua les tatouages sur une partie de son visage. Couraient-ils sur tout son corps ? Dans la nuit, ils brillaient un peu et cela renforçait son air menaçant. Azami se sentait vraiment petite face à lui. Elle se dit que le géant aurait pu lui ressembler.

Elle se remit un peu à trembler. Il fallait qu'elle essaie de contrôler ses émotions quand elle se trouvait en face de lui. Tous ceux qui avaient entouré Dark étaient forts et courageux :

son père, ses frères, ses Compagnons et même sa mère. Elle était sa Promise et elle était la seule à trembler comme une feuille, la seule à sentir ses jambes se dérober sous elle à chaque fois qu'elle croisait son regard de feu. Il faut reconnaître que leur rencontre avait été traumatisante et depuis, chaque rencontre suscitait un sentiment de panique.

Il s'en rendit compte car il fit une grimace de mépris et se remit en route. Azami le suivit, en mettant cette fois-ci un peu plus de distance entre eux.

Ils marchèrent encore longtemps dans le souterrain. L'humidité recouvrait les parois rocheuses et rendait par endroits le sol un peu glissant. Au fur et à mesure qu'ils s'enfonçaient, il faisait plus frais. Aucune forme de vie n'habitait dans ce lieu sombre et le peuple Fromion n'avait laissé aucun vestige de leur passage comme s'ils s'étaient volatilisés. Aucune peinture rupestre, aucun pot en terre ou ossements. Le souterrain était dénué de toute forme de traces de vie.

Les Compagnons marchaient en silence, chacun plongé dans ses pensées. Seule Azami glissait parfois, n'ayant pas les chaussures adéquates ou l'habitude pour ce genre d'expédition. Phung l'aidait en la tenant fermement par le bras pour éviter qu'elle ne tombe. Elle était vraiment gênée d'être assistée ainsi mais elle les aurait retardés si elle ne devait compter que sur sa personne.

Ils arrivèrent enfin au Gouffre du Géant. L'un des nombreux couloirs de ce passage menait à l'une de ses parois. Un air frais venait caresser leurs visages.

Mamoru rampa jusqu'à la sortie et regarda en contrebas. Il aperçut la Porte des Ténèbres qui émettait une faible lumière verte. Il évalua le fond du Gouffre à une centaine de pieds.

Il aperçut des Guerriers Makkuras qui montaient la garde. Ils étaient nombreux, près d'une trentaine, et très bruyants. Leur manque d'attention montrait qu'il n'y avait pas de Princes des Ténèbres à leur côté.

Mamoru leva la tête. Le Gouffre était profond et la lumière du jour ne pénétrait pas suffisamment pour l'éclairer. Ils pouvaient donc descendre sans être vus en empruntant le chemin étroit de terre et de roche qui longeait les parois.

Il recula et rapporta dans les détails les informations à ses Compagnons.

— Il faudra donc être discret, déclara Minh.

— Je passe en premier, déclara Dark.

Il tenta de cacher son tatouage en remontant le col de son sweat-shirt et commença à descendre sans bruit, en se plaquant contre la paroi, la main sur le manche de son sabre, prêt à engager le combat si cela devenait nécessaire. Mamoru et Akainou lui emboîtèrent le pas, le regard rivé sur les Guerriers Makkuras en contrebas. Leurs bavardages insouciants prouvaient qu'ils ne les avaient pas remarqués.

La tension était à son comble. Marcher en silence sans trébucher. Voilà qui semblait facile. Azami était angoissée et Phung posa une main sur son bras pour l'apaiser.

— Tout va bien se passer. Tu suis Minh et tu ne la quittes jamais. Je ne serai pas loin.

Il s'élança sur les traces de ses Compagnons.

— Allons-y ! Lança Minh.

Heureusement, il faisait très sombre. La voix forte des Guerriers masquait les pas des Compagnons. L'un d'eux donnait des ordres pour rétablir le silence mais c'était peine perdue. En l'absence de chef pour les diriger, les Guerriers faisaient ce qu'ils voulaient.

Azami suivait Minh, en longeant la paroi. Soudain, elle aperçut la Porte. Elle était large et haute. Il en émanait une lueur verte qui éclairait faiblement les soldats. Ils étaient nombreux et certains se chamaillaient. D'autres riaient à gorge déployée.

Minh et Azami avaient bientôt rattrapé leurs amis. Azami les voyait progresser avec précaution, leurs armes dans les mains, leur sens en alerte. Soudain son pied heurta une racine. Une pensée lui traversa l'esprit : marcher sans tomber avait toujours été chose impossible pour elle. Elle pensa à toutes les chutes qu'elle avait faites par le passé.

Elle tenta de s'accrocher à la main de Minh mais trop tard. Elle trébucha et sans pouvoir ralentir sa course, elle glissa rapidement ventre à terre jusqu'aux pieds des Guerriers. Minh jura entre ses dents et regarda d'un air désemparé ses Compagnons figés sous le choc. Elle se lança alors à son tour dans le vide.

Azami releva son visage couvert de terre. Elle avait les mains écorchées et les genoux blessés. Un mot ne cessait de tournicoter dans sa tête : « Catastrophe ! Catastrophe ! ». Les Guerriers s'étaient tus, trop étonnés par ce qui semblait être tombé du ciel. Azami tenta un sourire gêné et se remit péniblement sur ses jambes en s'époussetant d'un air qu'elle voulait très décontracté ! Devait-elle se mettre à courir ou engager la conversation ? Un silence gênant avait semble-t-il gagné tout le Gouffre. C'est alors que tout se bouscula.

Un Guerrier s'était jeté sur elle. Minh lui était tombée sur la tête et ils roulèrent tous les deux à terre. Un autre Guerrier voulut agripper Minh par les cheveux et Azami fit ce qu'elle n'aurait jamais pu envisager de faire. Elle se jeta sur le Guerrier et lui mordit le cou, ses dents s'enfonçant dans la chair. Furieux, il l'attrapa par sa veste qui craqua. Elle fut projetée plus loin, un peu étonnée d'avoir pu voler un instant. Elle vit alors le sabre se lever au-dessus d'elle et elle rentra instinctivement sa tête dans les épaules pour se protéger le cou. Mais Phung intervint et planta son sabre dans le ventre du Guerrier qui tomba à terre et disparut en un tas de cendre !

Minh s'était visiblement débarrassée du sien et aida Azami à se relever, pendant que Phung couvrait leurs arrières.

— Es-tu prête ? Demanda gentiment Minh.

Azami s'essuya la bouche avec le revers de sa manche, pour ôter le sang du Guerrier.

— Oui, je te suis cette fois.

Elles se dirigèrent vers la Porte. Azami eut le temps d'apercevoir Dark et les Repentis qui combattaient un peu plus loin. Ils avaient l'air de se débrouiller. Dark était drôlement rapide. Ses gestes étaient précis et sa lame touchait à chaque fois un adversaire.

Une étrange aura semblait émaner de son être, une aura sombre, comme une enveloppe de Ténèbres. Azami pensa alors à la Mort. Elle tournait autour de lui, suivait ses mouvements. Elle semblait attendre le moment où elle pourrait le saisir pour l'emmener à jamais dans sa demeure éternelle. Dark la maintenait à distance mais elle continuait à le séduire en lui tournant autour. Elle pouvait lui offrir une puissance sans limite, une force incomparable. Succomber c'était devenir un Guerrier redoutable et invincible.

Azami frémit. Elle savait maintenant pourquoi le jeune Prince ne pouvait pas se laisser aller à ses sentiments. Elle comprit qu'il était plongé dans une lutte perpétuelle pour ne pas basculer dans les Ténèbres. La Mort était proche de lui et allait l'engloutir. Il restait très peu de temps avant qu'elle ne le saisisse et après, il serait perdu.

Minh et Azami se retrouvèrent enfin près de la Porte. Elle était très imposante et paraissait lourde. Azami n'osait regarder à l'intérieur mais il lui semblait que quelque chose arrivait très vite.

Minh tenta de se débarrasser de deux Guerriers. Azami poussa alors de toutes ses forces les deux battants mais un Guerrier l'en empêcha en l'attrapant par l'épaule. Phung le saisit violemment par le col et le jeta à terre d'un coup de pied puissant. Il leva son sabre et le décapita. Le corps de son ennemi se désagrégea aussitôt. Phung se jeta alors sur les deux battants et referma la Porte.

Azami sortit la Pierre de sa poche et l'inséra dans une petite cavité. Elle entendit quelque chose percuter la Porte de l'autre côté avec violence. Mais la Pierre s'était enfoncée dans un clac. Phung la tira en arrière juste avant que la Porte ne se désintègre à son tour sous ses yeux médusés.

Azami sourit de satisfaction : elle avait réussi. Elle n'en revenait pas de cet exploit. Elle ramassa une poignée de cendre et souffla dessus. Une fois la Porte fermée, elle disparaissait donc ainsi à jamais. C'était curieux. Même les Guerriers morts se transformaient en cendre. La magie qui les avait transformés en Immortels n'avait finalement pas que des bons côtés. Les Guerriers disparaissaient sans laisser de traces. Un coup de vent et c'était comme si leur vie n'avait jamais existé.

Elle se releva et sentit des picotements à ses genoux. Elle avait fait une sacrée chute !

Minh prit sa main :

—   On ne reste pas là ! S'exclama son amie.

Elles remontèrent le petit chemin qui menait au passage, se hâtant de sortir du Gouffre. Les quelques Guerriers Makkuras qui restaient, luttaient sans espoir de sauver leur vie. Ils restèrent fidèles à la cause du Seigneur des Ténèbres, leur vie comme leur mort lui appartenant complètement. Impitoyablement, ils furent éliminés les uns après les autres par les Compagnons.

Chapitre X
Monde des Ténèbres, L'an 1335

Le jeune homme serra les dents. Il avait mérité la gifle de son frère. Il savait qu'il n'aurait jamais dû quitter les Guerriers. C'est lui qui était responsable de cette Porte et il avait échoué. La Porte avait été détruite et les Guerriers qui la surveillaient étaient morts.

— Nous n'aurions jamais dû te faire confiance ! Lança Féraï en colère. Tu n'es qu'un incapable !

Ils se retournèrent, Bula arrivait. Il avançait de sa démarche lente tout en fixant de ses yeux noirs ses frères avec froideur. Bula dégageait une force naturelle qui le rendait intimidant. Il n'avait jamais besoin de hausser la voix pour se faire comprendre et mieux valait périr de ses propres mains que d'avoir à désobéir à ce Prince. Il n'avait aucune pitié, ne ressentait aucune forme de compassion. Il glissait doucement dans les Ténèbres, la force sombre montant en lui, aspirant ses derniers sentiments humains, qui auraient pu lui offrir le bonheur.

Raji mit un genou à terre et s'inclina. Il se plierait à la sentence du Prince Héritier sans essayer de se justifier. Il le savait : rien ne pouvait excuser son comportement. Il n'avait été qu'un sot. Déléguer ses responsabilités à de simples Guerriers avait été un acte inconsidéré, alors qu'il prenait du plaisir aux bras d'une belle Mortelle.

Quand paniqué, l'un des Gardiens avait surgi dans sa chambre pour l'avertir du combat qui se déroulait à la Porte du Gouffre du Géant, il avait couru aussi vite qu'il avait pu. Mais il était arrivé trop tard. La Porte s'était refermée devant son nez. Il l'avait percuté violemment avec son élan, espérant la faire exploser, mais elle était restée fermée, la Pierre déjà engagée dans son orifice. Il avait crié de rage. Puis, une angoisse terrible l'avait saisi tout entier. La punition serait à la hauteur de son comportement.

— Je mérite ta colère Bula. J'ai désobéi et nous avons essuyé un échec.

Sans un mot, Bula s'approcha de lui et fit signe à un soldat. Celui-ci poussa devant lui une jeune fille à moitié dévêtue. Elle ne devait pas avoir plus de dix-sept ans. Elle se jeta par terre et s'agrippa désespérément à Raji. Le jeune homme se raidit : le châtiment serait sans appel. Il ne pouvait rien faire.

Soudain Bula saisit la jeune fille par les cheveux et la releva. Il prit le couteau que lui tendait le Guerrier et lui ouvrit le ventre. Les viscères tombèrent devant le jeune homme horrifié. Elle hurla de douleur et d'horreur ce qui fit tressaillir son amant. Puis Bula lui coupa la gorge et le sang éclaboussa Raji qui resta la tête inclinée en signe de soumission. Le corps de la jeune fille tomba devant lui sans vie. Il n'entendrait plus son rire joyeux, ne sentirait plus ses caresses. Il ne garderait en mémoire que l'expression de peur qui s'était figée sur son visage en mourant, pour ne jamais oublier sa stupidité.

— Ne t'avise plus à ramener des Mortelles sans autorisation. Disparais de devant ma face et ne t'avise plus à croiser mon chemin.

La sentence aurait pu être pire. Raji acquiesça, la tête toujours inclinée, évitant le regard de son aîné, puis il se retira. Bula se tourna alors vers Feraï.

— Assure-toi qu'il reste loin des appartements de père pour l'instant. Il le tuerait.

— Je m'en occupe.

Bula se rapprocha de la fenêtre. Le paysage était désertique. Pas une plante ne poussait dans ce monde. Le sol était invariablement le même aussi loin que son regard pouvait aller.

— Qu'en est-il de notre espion ?

— J'ai eu un contact il y a quelques heures. La Promise de Dark est arrivée.

— Comment est-elle ?

— Trop faible pour que Dark envisage de s'y lier.

— Cependant, il paraîtrait qu'elle se soit bien défendue pendant l'assaut.

Féraï grimaça. Son frère était décidément informé de tout. Rien ne lui échappait.

— Oui. Elle a eu beaucoup de courage.

Bula se retourna vers lui et le pénétra de son regard de glace. Des cernes sombres étaient apparus sous ses yeux quand il avait commencé à être happé par les Ténèbres. L'expression de son visage s'était durcie, le sourire s'était complètement effacé. Chaque jour passé, Bula devenait extrêmement dangereux.

— Notre père souhaite son élimination. Dark ne doit pas se lier, annonça Bula d'un ton brusque.

Inquiet, Féraï demanda :

— Qu'adviendra-t-il s'il bascule dans les Ténèbres ?

— Père souhaite s'en faire un allié.

Féraï paniqua un peu. Un Prince qui ne se lie pas était un adversaire trop puissant pour qu'il puisse un jour envisager de l'éliminer.

— Père n'arrivera pas à convaincre ce rejeton de faire une quelconque alliance avec lui. Il sera aussi puissant que lui et sa haine ne sera que destructrice. Un Prince qui bascule dans les Ténèbres ne voit que son intérêt. La puissance qui l'habite le transforme en monstre assoiffé de sang.

Féraï reçut un coup de poing au visage si violent qu'il tomba. Un peu de sang coula à la commissure de ses lèvres. Féraï était allé trop loin. Personne n'avait le droit de contredire les ordres du Seigneur des Ténèbres.

— Ne te permets jamais aucune remarque au sujet des injonctions de notre père. Il a ses raisons.

Féraï essuya le sang du bout de ses doigts.

— Je ne cherchais pas à.

Son frère le coupa.

— Occupe-toi d'elle. Tu as une revanche à prendre, non ?

La bouche de Feraï se crispa et il serra ses poings. Oui effectivement, il voulait sa revanche mais contre Dark en personne. Mais ça, il ne pourrait jamais l'avoir car son père espérait le récupérer malgré sa trahison. Son fils adoré… En lequel il avait placé tant d'espoir !

Bula l'observait. Il savait combien son frère avait souffert de la perte de sa Promise Etser, juste après s'être lié. Dark l'avait décapité devant ses yeux, d'un coup de lame. Féraï avait voulu se venger mais Bula était intervenu parce qu'il fallait le laisser en vie. Ses desseins étaient bien plus importants que ceux de son frère.

Féraï rageait de jour en jour devant cette injustice et cela devenait une faiblesse. Il commettait des erreurs. C'est pourquoi Bula ne pourrait jamais lui faire confiance. Ses sentiments étaient trop impliqués pour qu'il puisse planifier une quelconque vengeance, aussi motivé soit-il. Féraï n'avait pas son recul pour agir dans l'ombre.

Son jeune frère se releva et s'inclina, ravalant sa colère.

— Si tel est le désir du Seigneur des Ténèbres, je ne le décevrai pas.

Il se détourna, ravalant sa colère, et quitta la pièce sans un mot de plus.

Bula sourit avec mépris : les sentiments d'attachement lui donnaient la nausée. Comment pouvait-on tenir à quelqu'un à ce point ?

Il pensa à sa Promise Kana. S'il se liait avec elle, aurait-il envie de mourir pour elle ? Kana était jolie et se battait bien. Il se souvint de son corps étendu et offert sur le grand lit à baldaquin, ses cheveux roux éparpillés sur l'oreiller, sa peau blanche nacrée qui brillait à la lumière des bougies. Parfois rebelle, souvent soumise, elle lui offrait chaque soir la générosité de sa chair.

Il écarta cette idée. Non, bien sûr qu'il ne se lierait pas. Les femmes ne servaient qu'à assouvir ses désirs de mâle. C'est bien la première chose qu'il avait apprise de son père. Les femmes ne devaient jamais devenir une faiblesse. Elles devaient être utilisées et jetées. C'est cette capacité à écarter toute forme de distraction qui rendait un homme fort. L'attachement marquait la décadence du guerrier, l'inexorable fin de sa gloire. Et Bula avait des desseins bien plus prétentieux que ceux de se laisser mourir aux bras d'une charmante et unique sirène. Il voulait devenir aussi puissant que son père et ensuite… Son sourire cynique s'élargit. Oui ensuite son père verrait sur quel fils il aurait dû miser.

Chapitre XI
Noutan, L'an 1335

Azami était sortie sur le balcon qui longeait la façade du bâtiment. Elle passa sans bruit devant la fenêtre de Dark. Puis arrivée à l'angle, elle s'arrêta devant une toute petite maison en bois. Elle avait construit cet abri pour un couple d'écureuils la semaine dernière avec Doun Doun. Tous les deux jours, elle apportait des graines car ils venaient s'y nourrir.

Elle remplit les mangeoires et les replaça avec précaution. Puis satisfaite, elle se retourna. Mais elle poussa un petit cri de surprise. Dark se tenait derrière elle, très proche, l'observant appuyé contre la balustrade, un sourire moqueur au coin des lèvres.

—   Après tant d'héroïsme hier soir, tu t'effraies pour si peu !

Azami rougit. Son cœur s'était remis à battre stupidement. Elle serra le sachet de graines contre elle.

—   Tu m'as surprise.

Il passa devant elle et regarda la petite maison des écureuils. Lentement, il prit l'une des mangeoires et vida son contenu par terre. Il la jeta ensuite par-dessus la balustrade. La mangeoire s'écrasa sur le sol pavé en contrebas dans un bruit sec.

—   Tu perds ton temps à vouloir t'occuper des écureuils. Tu devrais plutôt penser au moyen de t'en sortir la prochaine fois.

Il saisit une mèche de cheveux de la jeune fille et se mit à la caresser. Ils étaient doux comme sa peau.

Azami le fixa pétrifiée. Qu'allait-il faire ? Détruire sa maison ? Lui arracher les cheveux ? La jeter du balcon ? Elle tenta de garder son calme et de maîtriser les battements de son cœur.

—   Les animaux ont besoin d'un endroit pour passer l'hiver et pour se nourrir.

— Avant ta venue, ils se débrouillaient très bien sans toi, rétorqua-t-il.

— Mais je peux leur apporter du confort.

Un rire moqueur lui échappa et il tira d'un coup sec sur sa mèche. Azami gémit en cognant son corps contre le sien.

— Madame fourre son nez partout ! Je ne te le dirai plus. Prends tes jambes à ton cou et cache-toi dans un endroit où je ne pourrai pas te trouver.

Azami releva la tête. Ne pas le craindre. Ne pas hurler. Elle pouvait sentir son souffle sur son visage. Il était si proche. Elle le fixa de son regard clair et franc.

— Je n'ai pas peur de toi.

Les mots avaient été prononcés avec conviction. Dark se crispa et sembla écumer de rage. La jeune fille osait le braver, son menton relevé en signe de défi.

Elle posa sa main sur la sienne et lui retira sa mèche de cheveux. Soudain, un courant électrique la traversa et sa main se mit à lui picoter. Ils s'éloignèrent d'un bond l'un de l'autre. Dark la fusilla du regard. Les marques sur son visage scintillèrent, menaçantes. Elle sentit que l'air ambiant changeait et s'épaississait. Elle commença à suffoquer.

Azami lâcha le sac de graines qui s'ouvrit sur le sol. Les graines s'éparpillèrent à ses pieds. Elle porta la main à son cou puis se courba car elle manquait d'air. Elle tomba à genoux et se mit à haleter. Elle sentit l'odeur du brûlé. Quelque chose se consumait près d'elle. Elle leva la tête avec peine et vit la maison de bois se transformer en cendre.

Elle voulut agripper le pantalon de Dark pour l'arrêter mais sa vue se troublait et sa main retomba près d'elle. Puis tout s'interrompit. L'air entra de nouveau dans ses poumons. Les larmes coulaient sur son visage. Dark avait non seulement détruit l'abri pour les écureuils mais il avait aussi tenté de la tuer, sans la toucher, juste avec son esprit. Son pouvoir était plus terrible qu'elle ne le craignait.

Dark s'agenouilla près d'elle et dit d'une voix mielleuse :

— Nous verrons si tu ne me crains pas.

Il effleura son visage avec ses lèvres et se releva. Il fit un pas mais s'arrêta car ses lèvres avaient un goût légèrement salé. Il passa sa main pour se les essuyer. Il n'avait jamais pleuré. Même devant le corps sans vie de sa mère, il n'avait jamais versé aucune larme.

Il regarda la jeune fille qui avait posé une main sur sa poitrine pour reprendre sa respiration. Ses longs cheveux noirs cascadaient autour de son visage pâle et défait. Elle pleurait et il eut une drôle de sensation. De la pitié ? Non c'était autre chose. De la culpabilité ? Il se renfrogna et chassa ce sentiment avant qu'il ne fasse surface complètement. Il trouverait un moyen de contourner la promesse qu'il avait faite l'autre jour à Maître Lichan. Il trouverait le moyen de la faire disparaître sans que ce soit de ses propres mains. Sans quoi, il ne parviendrait peut-être pas à ses fins.

Chapitre XII
Noutan, L'an 1335

Maître Lichan et Phung se penchèrent sur Minh qui lisait l'ouvrage sur la localisation des Pierres.

— Alors Liaran découvrit la Porte des Eaux Noires. Le garde se prosterna et lui remit la Pierre.

Minh s'arrêta puis poursuivit la lecture plus bas.

— Écoutez ceci. Liaran avait trahi son camp. Les Guerriers le poursuivaient sans relâche. Il trouva alors le Maître du Temps et lui confia la Pierre. Liaran fut tué mais personne ne réussit à pénétrer dans l'Arbre des âges.

Maître Lichan se redressa et répéta les derniers mots. Phung l'observait.

— Maître, vous savez de quel arbre il s'agit ?

Le Maître ne répondit pas tout de suite. Puis il parla.

— L'arbre des âges a été détruit il y a fort longtemps. Un autre a été replanté pour permettre au Maître du Temps de regagner son monde. C'est le plus vieil arbre de Noutan. Aujourd'hui, il est devenu un adenium gigantesque.

— Il faudrait entrer dans un tronc d'arbre ! S'exclama Minh très surprise.

Phung tourna la page mais il n'y avait aucune image.

— Et où peut-on trouver cet arbre ? S'il a été détruit, nous n'avons pas sa localisation.

Le maître répondit :

— Ce n'est pas l'arbre qui est difficile à trouver. C'est la façon d'y entrer.

Minh tourna la tête vers la fenêtre. Azami avait l'air complètement absent et semblait triste. Elle n'avait rien écouté et elle était plongée dans ses pensées. Avait-elle eu une altercation avec Dark ? Cet idiot l'avait prise en grippe et Minh imaginait sans peine sa méchanceté à son égard.

Azami ne disait jamais rien, ne se plaignait pas. Elle espérait que les Repentis et Dark l'accepteraient un jour. Minh l'avait mise en garde. Il ne fallait pas qu'elle leur donne sa confiance. Les Repentis et Dark étaient des êtres instables, coléreux, antipathiques. Ils s'étaient ralliés à leur cause mais ils restaient à part, ne se liaient pas d'amitié avec les Compagnons de la Vierge Clytie. Azami pensait que pour se comporter de la sorte ils avaient dû vivre des moments assez difficiles dans le Monde des Ténèbres. Alors elle pardonnait leurs mauvais comportements. Et au final, elle était la seule à souffrir. Minh ne savait pas comment lui venir en aide. Tout ce qu'elle pouvait faire c'était de veiller sur ses arrières.

— Vous paraissez connaître cet arbre, déclara Phung.

— Je l'ai vu il y a bien longtemps. Mais je n'y suis jamais entré, répondit le Maître.

— Pourquoi ? Demanda Minh, qui s'intéressait à nouveau à la conversation.

— Le maître du Temps est capricieux. Il ne se laisse pas facilement voir.

Il y eut un silence puis Phung reprit :

— Comment ferons-nous alors pour le rencontrer ?

Maître Lichan fixa alors Azami.

— Aujourd'hui, nous avons avec nous les deux personnes qui pourraient le faire. Le Maître du Temps les attend depuis des siècles.

Azami se tourna vers eux. Elle avait certainement manqué une partie de la conversation.

Chapitre XIII
Noutan, L'an 1335

— Maître, c'est de la folie ! S'exclama Minh en se levant, très indignée.

Dans la bibliothèque, tous les Compagnons et les Repentis s'étaient rassemblés autour de la table. Azami se sentait mal à l'aise avec tous ces yeux qui la fixaient.

— Azami ne peut pas rentrer seule avec Dark.

— Et pourquoi donc ? Demanda ironiquement Akainou. Après tout, ils sont des Promis et le Maître du temps a besoin d'eux pour raviver sa fichue plante magique.

— Et l'occasion serait trop belle pour abandonner Azami à ce vieil homme ou pire la tuer, rétorqua Minh.

— La confiance règne dit donc ! Se moqua Akainou.

Maître Lichan intervint :

— S'il vous plaît, calmez-vous ! Personne ne va tuer ou abandonner qui que ce soit. J'ai confiance en la parole de Dark.

Minh toisa Akainou et se rassit :

— Je ne suis pas d'accord avec ce plan.

— Et bien votons ! Proposa Akainou mielleuse.

Maître Lichan regarda Azami dans les yeux.

— C'est à Azami de décider si elle souhaite ou non accompagner Dark dans cette mission. Personne ne prendra de décision à sa place.

Azami se sentit rougir. C'était à elle de choisir… Elle sentit le regard noir de Dark posé sur elle. Elle releva son visage et le soutint sans ciller. Il n'était pas question qu'elle se défile. Elle tenait sa revanche. Enfin revanche était un grand mot. Elle allait le braver et le titiller un peu, histoire de lui montrer que même s'il essayait de la blesser moralement et de l'effrayer, elle n'abandonnerait jamais. Elle irait au bout de sa mission et il verrait qu'elle pouvait être courageuse et digne de lui, qu'elle n'était pas un poids mais une béquille pour le soutenir.

Elle se tourna vers le Maître :

— Je veux accompagner Dark. Je n'ai pas peur. Nous sommes Promis. J'ai confiance en lui, il ne me fera aucun mal.

Les mots semblèrent geler la bibliothèque. Un silence s'ensuivit. Azami sourit intérieurement. Dark était tellement susceptible qu'elle était certaine qu'il devait fulminer. Elle n'osait cependant jeter un coup d'œil pour confirmer son sentiment, mais elle l'imaginait écumant de rage contenue, des vapeurs lui sortant des narines. Elle ne put retenir plus longtemps son sourire qui finit par s'afficher ouvertement sur son visage, marquant sa première victoire face aux mauvais tours de Dark et des Repentis. Elle entendit alors la porte claquer : Dark venait de quitter la pièce, sans un mot, bientôt suivi de ses acolytes.

Médusés, Minh et Akito fixaient la jeune fille, ne sachant s'ils devaient en rire ou s'inquiéter. Pensif, le Maître se lissa sa barbiche grisonnante de sa main ridée. Entre les deux Promis, le voyage s'annonçait animé.

Chapitre XIV
Noutan, L'an 160

Maître Lichan plaça l'arbre dans le trou et recouvrit ses racines de terre. Il prit soin de l'arroser. Cet arbre serait majestueux, il en était certain. L'endroit était parfait.

Soudain il se redressa car il entendait des chevaux arriver. Il s'essuya les mains sur son pantalon et attendit. La clairière était loin des regards indiscrets. Personne ne soupçonnerait qu'il avait planté l'arbre à cet endroit. Tant mieux, le Sorcier Moyo devait l'ignorer.

Les deux cavaliers arrivèrent à sa hauteur. Ils arrêtèrent leur monture. Le premier vint lui serrer les deux mains.

— Merci mon ami. Je n'oublierai pas ce que tu as fait.

Le Maître du Temps tremblait. Il lui fallait au plus vite regagner sa demeure, sinon il mourrait. Le Temps s'écoulait trop vite sur cette terre et il était Mortel. S'il voulait continuer à vivre, il fallait qu'il rentre chez lui, qu'il regagne la Source d'énergie, celle qui permettait à la Vie d'exister sur Noutan.

— Avez-vous la Pierre ? Demanda Maître Lichan anxieux.

Le Maître du Temps tapota sa poche et sourit.

— Ne vous inquiétez pas. Je la garderai précieusement.

La Sorcière Sans Nom s'approcha de l'arbre et s'agenouilla. Elle sortit de son manteau un petit sac en tissu. Elle l'ouvrit et plongea sa main à l'intérieur pour en ressortir un peu de sable bleu. Elle en saupoudra l'arbre qui se mit à briller. Les deux hommes approchèrent à leur tour.

— Mon ami, je ne viendrai plus. Noutan n'est plus un endroit sûr pour moi. Le Sorcier Moyo me recherche depuis que Liaran l'a trahi et qu'il m'a confié cette Pierre. Il a détruit l'arbre qui me permettrait de voyager dans le Temps et j'ai bien cru mes derniers instants arrivés.

— Ne t'inquiète plus. Tu seras en sécurité désormais. Personne ne trouvera ton passage. Tu en as ma parole.

Maître Lichan s'adressa alors à la Sorcière Sans Nom :

— Comment pourra-t-il raviver l'arbre s'il ne peut plus le faire lui-même. Si l'arbre mourait, il serait alors à jamais condamné à rester seul.

— Des enfants viendront le raviver. Leur sang suffira à le faire renaître.

— Des enfants ? Demanda Maître Lichan étonné.

— Des enfants viendront et le Maître du Temps les reconnaîtra. Ils porteront le signe des Promis dans leur paume.

Le Maître du Temps et Maître Lichan firent leurs adieux. La Sorcière Sans Nom était remontée sur son grand cheval gris. Elle était mystérieuse et peu bavarde. Mais aujourd'hui, elle les avait aidés et le Maître du Temps lui en était infiniment reconnaissant. Grâce à sa générosité, elle avait rouvert le passage qui le mènerait au cœur de la Source d'énergie de Noutan. Il était sauvé et pourrait poursuivre son voyage à travers les siècles.

Le Maître du Temps toucha l'arbre et son corps scintilla puis il disparut aussitôt, emporté vers le cœur de Noutan, qui lui permettrait de rester Immortel tant que cette planète porterait la vie.

Chapitre XV
Noutan, L'an 1335

Azami et Dark avaient quitté le Manoir et le jeune homme n'avait pas desserré les dents. Il marchait vite et Azami avait toutes les peines du monde à garder le rythme. Elle avait l'impression de courir depuis des heures. Elle finirait peut-être par regretter d'avoir défié le jeune homme. Ils étaient seuls pour entreprendre ce voyage, car à deux ils passeraient inaperçus. Azami commençait un peu à s'inquiéter de la tournure de cette mission.

La veille, Phung les avait déposés à Joun Port et ils étaient montés dans une petite embarcation de pêche qui les attendait. Quelques heures après, ils étaient descendus et avaient poursuivi leur chemin en train, où ils passèrent toute la nuit. Enfin ils s'étaient arrêtés dans une toute petite station et avait emprunté un téléphérique qui les mena jusqu'au sommet d'une petite montagne. Et depuis, ils s'étaient enfoncés dans une vaste forêt de feuillus et ils s'étaient mis à marcher. Enfin à courir !

Azami avait les pieds douloureux, elle était à bout. Dark ne semblait souffrir nullement. Sa cadence était invariablement la même : souple et rapide, depuis des heures ! Elle s'arrêta pour la centième fois. Il lui fallait reprendre son souffle. Elle avait un point de côté, les jambes tremblaient sous l'effort et ses poumons ne réagissaient plus normalement. Son sac qui pourtant ne contenait pas grand-chose, puisque c'est Dark qui portait le nécessaire, pesait des tonnes, et il finirait bientôt par l'écraser. Elle releva la tête : Dark poursuivait son chemin et si elle perdait trop de temps, elle risquait de ne plus le voir.

Elle se remit à marcher mais ses jambes ne la portaient plus et elle trébucha pour s'étaler de tout son long. Elle tenta de se relever mais rien à faire, son corps épuisé lui intimait de rester à terre.

Elle se retint d'éclater en sanglot car elle avait atteint ses limites. Elle se mordit la lèvre pour refouler les larmes qui menaçaient de couler. Depuis qu'ils avaient pénétré dans la forêt, la cadence la mettait à rude épreuve et elle commençait à craquer. Elle savait que Dark se vengeait des dernières paroles qu'elle avait prononcées au Manoir. Elle avait résisté du mieux qu'elle pouvait. Mais là, c'était trop !

Azami s'assit et releva la tête. Dark se tenait debout devant elle avec un sourire des plus mauvais. Il n'avait pas une goutte de transpiration sur son tee-shirt.

— Ta faiblesse est stupéfiante !

Azami renifla et s'essuya le visage avec le revers de sa manche. Elle devait avoir l'air vraiment pathétique. Probablement très loin de l'allure toujours parfaite d'Akainou ou de Minh.

La jeune fille était en sueur, ses cheveux étaient complètement défaits, elle avait des égratignures sur le visage, ses mains et ses genoux. Elle devait avoir des cloques à ses pieds et quelqu'un avait dû s'amuser à remplir son sac de cailloux parce qu'il pesait des tonnes.

— J'ai besoin d'une pause.

Elle l'implora du regard. Dark se raidit. Azami était vraiment en piteux état. Il s'était amusé à la faire trotter tout le long du chemin et cela l'avait irrité car la jeune fille n'avait pas rouspété une seule fois. Elle avait suivi la cadence sans lui demander de ralentir. Du coup, il avait accéléré et enfin elle cédait. Il était satisfait de la voir avec ce regard implorant. Pourtant, il ne pouvait supporter… Il coupa court à ses pensées avant d'explorer trop loin ses sentiments. C'était mieux ainsi. Elle l'avait nargué et maintenant elle s'en mordait les doigts.

Il se rendit compte qu'elle s'était blessée au menton, probablement lorsqu'elle était tombée. Ce n'était rien, elle survivrait !

— Si tu ne te relèves pas, je t'abandonne ici. Regarde autour de toi !

Azami regarda autour d'elle, et elle fut prise d'angoisse. Les arbres étaient immenses et le feuillage dense. Ils étaient au milieu d'un océan végétal. Ils marchaient sur un petit sentier et celui-ci paraissait se rétrécir. Elle remarqua que la nuit tombait et bientôt, ils ne verraient plus.

— Il y a un ruisseau au bout de ce chemin. C'est là que tu pourras te reposer.

Azami parut encore plus abattue. Elle ne pourrait jamais y arriver et Dark le savait pertinemment.

— Très bien. Reste ici à te morfondre, je m'en vais.

Azami releva la tête mais Dark avait disparu. Il s'était volatilisé !

Son angoisse augmenta. Dark l'avait abandonnée ! Il était parti, la laissant seule et sans défense. Elle paniqua et réussit à se traîner quelques mètres. Finalement, elle abandonna. Elle se blottit contre le tronc d'un arbre. Elle avait froid, elle avait mal partout et elle avait faim. Elle se rappela qu'elle avait une barre de céréales dans son sac. Azami le prit et se mit à grignoter pour satisfaire un peu son estomac, à défaut de ne pouvoir soulager ses pieds.

La nuit était tombée et des bruits étranges se réveillaient dans la forêt. Elle tenta de les oublier mais en vain. Elle prit sa torche et scruta autour d'elle. Elle se remit en route péniblement. Il fallait trouver la rivière. Dark devait l'y attendre, avec son sourire de satisfaction moqueuse. Peut-être avait-il préparé à manger…

Son cœur était serré par l'angoisse. Lorsque la nuit tombait, tout était inquiétant dans la forêt. Les arbres prenaient de drôles de formes effrayantes, elle avait même l'impression que des yeux mauvais l'épiaient. La forêt prenait l'allure d'un être malveillant qui pouvait respirer et lui agripper les cheveux. Azami se mit à trembler. Elle serra fort la torche dans ses mains de peur qu'elle ne lui échappe. Elle espérait qu'elle était suffisamment chargée pour tenir jusqu'à la rivière.

Soudain, elle sursauta. Quelque chose grattait la terre près d'elle. Elle pointa sa torche et vit une grosse bête poilue avec deux petits yeux qui la regardait avec étonnement. Elle se mit à hurler et l'animal s'enfuit en couinant, complètement paniqué. Elle lâcha sa torche et prit ses jambes à son cou. Elle se mit à courir sans rien voir devant elle. Elle était terrorisée.

Elle heurta alors violemment quelque chose et quand elle releva le visage, elle poussa un hurlement. Des yeux de félin de couleur verte la fixaient. C'en était trop, elle perdit connaissance.

Dark rattrapa la jeune fille avant qu'elle ne s'affaisse par terre.

— Ainsi tu n'as pas peur de moi, hein ? Dit-il en se moquant.

Il la porta dans ses bras. La drôle de sensation lui picota la paume de sa main mais il décida que ce soir, il l'oublierait.

Il examina avec attention le visage de la jeune fille : elle était jolie. Il n'était nullement gêné pour voir ses beaux traits fins dans l'obscurité. Les Immortels de sang avaient la faculté de voir dans le noir. Il sourit très satisfait car il avait eu sa revanche.

78

Chapitre XVI
Noutan, L'an 1335

Le soleil venait de se lever et Azami se réveilla. Elle se redressa un peu confuse. La forêt semblait moins menaçante même si le feuillage empêchait la lumière de pénétrer. Les bruits étranges de la nuit avaient fait place aux gazouillis des oiseaux.

Son attention fut attirée par un petit ruisseau. L'eau s'écoulait paisiblement entre les racines et les pierres en murmurant. Les arbres paraissaient maintenant moins intimidants avec leurs guirlandes de lierres.

Azami ne se rappelait pas s'être couchée à cet endroit. En revanche, elle se souvint d'une paire d'yeux effrayants. Était-ce Dark ? Elle rougit de ne pas avoir su contrôler sa peur. Parfois elle était un peu sotte. Elle s'était évanouie parce que Dark l'avait terrorisée. Et dire qu'elle s'était vantée devant tous les Compagnons qu'elle n'était pas impressionnée par le jeune homme. La situation avait dû bien le faire rire.

Elle l'aperçut assis sur une grosse pierre près de l'eau. Il se releva en tenant d'étranges fruits dans ses mains. Il vint vers elle. Il paraissait détendu et serein, ce qui rassura la jeune fille.

Dark avait fait sa toilette : ses cheveux étaient mouillés et il était torse nu. La jeune femme s'empourpra et détourna le regard avec pudeur. Elle avait déjà vu Akito dans cette tenue pour l'avoir soigné. Mais elle n'avait jamais regardé d'autres hommes à moitié dévêtus.

En revanche Dark n'avait point de complexe. Sans la moindre gêne, il s'accroupit auprès d'elle et lui tendit un fruit. Elle en prit un, en évitant son regard. « Faisons comme si rien ne s'était passé hier soir. C'est parfait pour moi ! », pensa Azami avec espoir.

— Son nom est le fruit du Serpent, lui apprit-il.

Drôle de nom. Méfiante, elle observa Dark croquer dans le fruit, puis rassurée elle l'imita. Ils étaient proches l'un de l'autre et s'observaient mutuellement. Dark s'attarda sur la blessure au menton de la jeune fille. Elle la cacha avec sa main, un peu honteuse d'être encore tombée.

— C'est sucré ! S'étonna-t-elle.

Dark jeta le noyau et lui en donna deux autres.

— Ça va te donner des forces après les émotions de cette nuit.

Le sous-entendu n'était que trop fragrant. Sa mémoire était malheureusement excellente. Azami sourit pour cacher son embarras.

Dark se redressa et lança un peu brusquement :

— Tu peux te rafraîchir à la rivière. L'eau est froide et elle va complètement te réveiller !

Elle poussa alors un petit cri de surprise. Le torse du jeune homme était couvert en partie d'un tatouage représentant sa lignée, qui courait sur tout le côté gauche de son corps : le visage, le torse, le bas-ventre et le dos. Mais Dark était aussi couvert de profondes cicatrices. Azami se remplit alors de tristesse. Seules les armes de ses frères et de son père avaient pu le marquer ainsi.

— Comment ont-ils pu te faire ça ? Murmura-t-elle, presque pour elle-même.

Dark se rembrunit et enfila un sweat-shirt de couleur crème.

— Je n'ai pas besoin de ta pitié. Dépêche-toi de te préparer, on part.

Elle regarda Dark ranger ses affaires. Elle imaginait aisément ce qu'avait pu être son enfance, aux côtés d'un père et de frères violents et déments. Il devait être si seul… Sa mère avait été son unique refuge, au milieu de ces sauvages et il l'avait définitivement perdue.

Il était évident qu'il souffrait aussi. Elle ne l'avait jamais vu rire. Il était toujours tendu, prêt à combattre s'il se sentait menacer. Vivre à ses côtés, ce devait être comme marcher sur la lame d'un rasoir.

Le tatouage sur son visage s'assombrit. La trêve était terminée.

Chapitre XVII
Noutan, L'an 1335

Ils s'étaient remis à marcher, toujours en silence. Mais Azami était de bonne humeur. Dark l'avait nourrie et elle était heureuse malgré son air bougon. Elle regardait autour d'elle. La forêt était plus sombre et ils avaient quitté le sentier. Du coup, ils progressaient moins vite à cause de la végétation.

Des oiseaux gazouillaient et Azami commença à chanter tout bas de sa douce voix :

« *La jolie dame se promena*
Se promena dans les jolis bois.
Mais le gros ours était le roi
Le roi de ce joli bois.

Il arrêta la jolie dame
Et de sa grosse voix, il la gronda.
Mais la jolie dame lui tira,
Sa fine et belle moustache.

Alors le gros ours resta là,
Et regarda »

Azami sursauta car Dark avait cessé de se frayer un chemin avec son coupe-coupe et il la fixait furieusement.

— Si tu continues à chanter, je te bâillonne.

— Tu n'aimes pas ma chanson ?

Dark se rapprocha dangereusement de la jeune fille. De toute sa hauteur, il la toisa :

— Figure-toi que nous essayons de passer inaperçu. Et pour répondre à ta question, non, je n'aime pas ta chanson. Elle me tape sur les nerfs !

Azami lui sourit d'un air taquin. Elle se sentait bien ce matin. La forêt n'était finalement pas inhospitalière et elle avait l'impression de partir en balade avec son Promis, même si celui-ci était occupé à leur frayer un chemin, car elle ne savait pas se déplacer dans les arbres.

— C'est parce que tu ne sais pas chanter ?

Dark se rembrunit et s'avança encore, la main tenant fermement son arme. Mais Azami ne se laissa pas intimider. Elle chuchota avec un sourire coquin :

— Je chanterai alors dans ma tête.

Elle passa devant lui, d'un pas léger, la tête fière. Dark l'attrapa par le poignet pour l'arrêter et se pencha pour lui répliquer quelque chose. Finalement il s'abstint devant son air réjoui et se remit à marcher, cette fois en taillant avec rage les obstacles qui se mettaient en travers de son chemin.

Au milieu de la journée, ils s'étaient arrêtés quelques instants pour manger puis ils étaient repartis. En fin d'après-midi, ils trouvèrent enfin l'arbre. Il n'y avait plus de clairière. Les arbres avaient envahi l'espace mais l'ademium était toujours là, plus majestueux que jamais. Les racines étaient gigantesques, son tronc était énorme. D'autres plantes s'étaient réfugiées entre ses branches et la mousse avait tapissé ses pieds.

Dark posa son sac à terre, imité par Azami. Il fit le tour de l'arbre et tata son gros tronc. Il y avait une inscription gravée sur son écorce. Azami reconnut l'écriture du peuple de Mirouan. Dark se mit à lire :

— Groun lichtu cjuto maleziv folipuda kraiad mis fopeu velma.

Azami fut surprise qu'il connaisse la langue de son père. Mais à bien y réfléchir, il avait vécu avec lui pendant quelques années.

— Qu'est-ce que ça signifie ? Demanda Azami.

— Quand deux Promis verseront leur sang, le Maître du Temps les accueillera.

Azami recula un peu quand Dark sortit un poignard qu'il portait dans un étui fixé à sa jambe. Sans hésiter, il entailla la paume de sa main droite. Puis il prit celle d'Azami. Leurs paumes se mirent à picoter et le symbole des Promis apparut. Leurs regards se croisèrent. Azami n'était pas rassurée et elle détourna les yeux. Dark entailla alors la main droite de la jeune fille et elle se mit à gémir. Sans même se soucier de la douleur que cette blessure lui procurait, Dark plaça leurs mains sur le symbole gravé sur l'arbre.

Aussitôt, une lumière aveuglante les inonda. Azami se couvrit les yeux et quand elle les rouvrit, elle était seule. Dark avait disparu.

Chapitre XVIII
Noutan, L'an 1335

Azami paniqua. Où était donc passé Dark ? Où se trouvait-elle ?

Elle regarda autour d'elle. C'était un château, il n'y avait pas de doute : de grosses pierres, des torches suspendues au mur, de lourdes portes en bois. Elle tendit l'oreille : quelqu'un approchait. Azami se précipita dans un coin sombre et retint sa respiration. Un soldat passa en courant et Azami se raidit. Elle reconnaissait le blason sur le vêtement du soldat : noir avec un croissant de lune rouge incrusté dessus. La lune du Monde des Origines. C'était le symbole des Guerriers Makkuras. Ses jambes flageolèrent. Si ces soldats étaient ici, cela ne signifiait qu'une chose. Ce château n'en était pas un. Elle était au Palais des Ténèbres. Elle était dans le monde du plus puissant seigneur : Le Seigneur Sédah.

Dark se réveilla. Il était étendu à même le sol et il avait mal sur tout le corps. Il essuya les gouttes qui coulaient sur sa bouche. Du sang. Il saignait du nez.

Il s'assit sans bien comprendre à ce qui s'était passé. Où était Azami ? Pourquoi se trouvait-il dans cet état ? Il observa son torse : il avait une grosse plaie et elle ne se refermait pas. Qui lui avait infligé ça ? Soudain, il pâlit. Il connaissait cet endroit.

Il se redressa et leva la tête pour observer autour de lui. Il n'y avait pas de doute. Cette commode, ce vieux lit en bois de chêne et le blason des Makkuras gravé dans la pierre pour qu'il se souvienne à qui il appartenait… Il était revenu au Palais de son père. Il s'approcha d'un miroir et s'observa. Un petit garçon le dévisageait avec stupéfaction. Par on ne sait quelle sorcellerie, il était redevenu un enfant.

Azami se déplaçait en longeant les murs. À l'approche de bruits de pas, elle se cachait, puis elle reprenait son chemin dès que le danger était écarté. Elle était vêtue d'une longue robe d'un bleu très clair mais assez ample pour qu'elle puisse courir si besoin.

Il fallait trouver une issue rapidement et s'enfuir de ce Palais. Si on mettait la main sur elle, alors tout serait terminé.

Azami s'inquiétait aussi sur la disparition de Dark. Où le jeune homme pouvait-il être ? Son père l'avait-il retrouvé ?

Elle rencontra une porte entrouverte et risqua un coup d'œil. C'était une vaste salle avec de grosses poutres apparentes. Elle entra discrètement et jeta un coup d'œil par la fenêtre. Elle poussa un cri de surprise. Tout n'était que désert rouge. Elle paniqua. Comment trouvera-t-elle le chemin du retour ? Soudain, elle entendit des voix et se cacha derrière un gros meuble en acajou.

Deux adolescents entrèrent. Azami tremblait en reconnaissant la marque sur leur visage : des Princes. Elle se recroquevilla, espérant disparaître entre la jointure des pierres qui dallaient le sol.

— Père n'a d'yeux que pour lui ! Lança en colère le premier.

— Parle moins fort Magil. Si père t'entendait, il n'hésiterait pas à te châtier.

— Comment fais-tu pour toujours te contrôler, Bula ? Tu en as assez toi aussi de ses remarques.

— Il faut être patient.

Magil donna un violent coup du plat de sa main contre la fenêtre, qui trembla violemment. Azami sursauta et se terra davantage, espérant qu'ils ne la découvriraient pas.

— Je n'y arrive pas. Dès que je me retrouve en face de ce petit avorton, j'ai envie de le tuer.

— Tu l'as bien corrigé aujourd'hui ! Se moqua le second.

L'autre se mit à rire.

— Et il aura mal un moment. Mon sabre l'a profondément entaillé.

— Ne t'inquiète pas mon frère. C'est pour ce soir.

Magil sourit de satisfaction.

— Elle a préparé son évasion ?

— Oui. Tout est prêt. J'ai placé mes hommes de confiance aux postes- clés. Personne n'interviendra.

— Penses-tu qu'Emi suspecte quelque chose ?

— Non. Et quand bien même, elle tenterait de fuir cette nuit.

Azami se couvrit la bouche pour étouffer un cri de surprise. Emi était dans le Palais. Elle ne comprenait plus rien. Emi était vivante. Elle pensa alors que le Maître du Temps leur avait joué un bien vilain tour. Ils étaient retournés dans le passé ! Et Dark était quelque part dans ce Palais, blessé par l'un de ses frères.

Les deux adolescents s'interrompirent.

— J'ai cru entendre un bruit, lança le premier d'un ton moins fort.

— Sortons d'ici. Et tâche de rester discret ce soir. Je m'occupe de tout.

— J'ai hâte que tu t'occupes enfin de lui.

Ils sortirent et Azami entendit leurs pas s'éloigner. Elle soupira. Elle était rassurée sur un point : Dark était quelque part dans le Palais.

Azami entreprit alors de retrouver son Promis. Lui et sa mère étaient en danger et il fallait les avertir. Peut-être pourrait-elle changer l'avenir…

Elle erra un moment dans les couloirs du Palais. La nuit était tombée. Il fallait faire vite car Emi se préparait à fuir avec son fils. Mais le palais était immense. Il y avait beaucoup trop de pièces et de couloirs. Et puis Azami devait rester prudente, se cacher au moindre bruit de pas.

Elle tenta encore une fois d'ouvrir une porte. Cette fois, ce qu'elle vit la cloua sur place.

Dark était assis contre un mur, le visage enfoui dans ses bras. Il souffrait. Cette blessure infligée par un Sabre maléfique avait du mal à se refermer. Il tenta de se concentrer pour faire disparaître la douleur. Mais il entendit des pas et il releva la tête. Quelqu'un approchait et il tentait de ne pas faire de bruit. Il fronça ses sourcils : il ne reconnaissait pas le bruit de ces pas.

Soudain la porte s'ouvrit et il resta médusé : sa mère se tenait sur le seuil de la porte. Elle paraissait aussi surprise que lui. Il se releva péniblement mais sa mère vint à sa rencontre pour l'aider. Elle s'agenouilla et parut horrifiée en voyant sa blessure.

— Comment te sens-tu Dark ? Demanda-t-elle inquiète.

Dark observait sa mère : ses longs cheveux blonds, sa peau blanche, sa longue robe bleue. C'était bien elle. Comme dans ses souvenirs.

Elle le prit dans ses bras et lui embrassa le front.

— Est-ce que tu peux marcher ?

Dark acquiesça. Bien sûr, il pourrait marcher. Il la suivrait où qu'elle aille. Il rangea son sabre dans son fourreau.

Elle prit sa petite main et le guida vers la sortie.

Chapitre XIX
Noutan, L'an 1335

Emi et Dark sortirent du Palais. C'était étrange : ils n'avaient croisé aucun garde. Cela n'augurait rien de bon : quelque chose clochait. Ils auraient dû trouver des sentinelles. Mais rien… Pas un seul Guerrier.

Dark guida sa mère vers la Porte qui menait à Noutan. Elle se dressa devant eux, imposante. Une lueur verte émanait de l'intérieur. Des motifs gravés sur ses battants scintillaient. Ils représentaient une terre, le monde de Noutan. Tout autour, il y avait 37 lignes lumineuses qui symbolisaient les trente-sept passages qui menaient vers elle. Dark les connaissait par cœur pour les avoir maintes fois franchies quand il accompagnait son père ou l'un de ses frères en mission.

Il planta sa canine dans son index et le posa sur l'une d'elles. Le sang coula dans la rainure et la lueur verte devint plus forte. Un passage s'ouvrit devant eux. Ils virent une forêt où ils pourraient se cacher. Dark retira son doigt et sourit à sa mère.

Avant de franchir la Porte, le jeune garçon se retourna méfiant. Il était surpris de voir combien les gardes avaient été négligents. Il se rappelait que ses frères lui avaient déjà tendu un piège. Tout allait trop vite. Il tenta de retenir sa mère mais elle le tira vers le Passage. Ils se retrouvèrent alors dans la forêt.

Ils poursuivirent leur chemin aussi vite qu'ils le pouvaient. Mais soudain, Dark sentit les guerriers tout proches. Il retint le bras de sa mère pour l'avertir. Emi le regarda, paniquée :

— Pourquoi t'arrêtes-tu ? Demanda-t-elle pressée de reprendre leur course.

— Tu ne les sens pas ? Demanda-t-il surpris.

Elle regarda autour d'elle, ne sachant ce qu'elle devait sentir. Elle n'avait qu'une hâte : quitter cet endroit au plus vite pour mettre Dark à l'abri.

— Non. Je t'en prie, viens. Il faut s'éloigner, dit-elle inquiète.

Dark ne comprenait pas : sa mère était un Compagnon, elle aurait dû sentir les Guerriers les encercler. Il s'aperçut alors qu'elle n'avait ni son sabre, ni le Grand Livre des Passages. Quelque chose clochait vraiment dans cette version de l'histoire.

Ils reprirent leur course mais les Guerriers Makkuras surgirent de la forêt, très menaçants. Dark sortit le sabre de son fourreau. Il ne permettrait pas aux soldats de tuer encore une fois sa mère. Cette fois, il la sauverait.

Il passa devant Emi. Il sentait sa peur mais il la protégerait.

Il se jeta sur l'un d'eux et lui trancha la tête. D'autres accoururent alors vers lui mais Dark les tua un par un. Il esquivait leurs coups pour placer les siens dans leur corps. Ses gestes étaient précis et il n'hésitait pas. Il était un tueur et il le savait : le sang de son père coulait dans ses veines. Il était puissant et il sentait la force monter en lui chaque jour. Une force destructrice qui le consumerait s'il ne se liait pas quand il atteindrait ses vingt-cinq ans.

Il entendit alors un cri et il se retourna : il vit sa mère s'effondrer, un poignard planté dans son ventre. Son cœur se serra et une angoisse terrible le saisit. Il hurla de rage et tua les deux derniers Guerriers.

Quand il eut terminé, il s'agenouilla auprès de sa mère. Il aurait voulu la protéger comme quand elle l'avait fait la dernière fois, au détriment de sa vie. Mais il avait échoué.

— Maman…

Dark serra les dents. Il ne fallait pas pleurer. Il était un Prince des Ténèbres. Il n'avait pas le droit de laisser ce genre de sentiments l'envahir. Pourtant, ses yeux lui piquèrent. Il tenait le corps de sa mère. Il posa une main sur sa blessure.

— Parle-moi.

Soudain, il sentit sa paume lui picoter et comprit enfin. Ce n'était pas sa mère. Il tenait le corps sans vie d'Azami, sa Promise.

Il pâlit. Azami était morte et il n'avait pas pu la protéger. Un sentiment étrange s'empara de lui. Un vide se creusa dans son estomac et une profonde angoisse émergea de tout son être.

Il releva le visage et vit un vieil homme qui se tenait debout devant lui. La Maître du Temps. La colère le saisit. Il était le responsable de tout ceci. Il se redressa, menaçant.

— Vous l'avez tuée. Pourquoi ? Comment a-t-IL réussi à vous acheter ?

Le vieil homme sourit tristement.

— C'est toi qui l'as tuée.

Dark se jeta sur lui et le saisit par le col.

— Comment osez-vous ?

— Vous n'avez pas réussi à la protéger.

Dark leva son sabre, prêt à l'abattre sur le vieil homme.

— Attendez ! Azami n'est pas morte ! Tout ceci n'est qu'une illusion ! Regardez-vous ? Vous n'êtes plus un enfant.

Dark se rendit compte qu'effectivement, il avait retrouvé son apparence. Azami était en train d'ouvrir les yeux et se redressait encore secouée par ce qui lui était arrivé.

— Il y a bien longtemps, la Sorcière Sans Nom m'a demandé de vous transmettre un message.

Dark gardait les yeux sur la jeune fille. Elle était encore très pâle mais semblait ne pas être blessée. Dark relâcha le Maître du Temps mais resta sur ses gardes. La tension baissa un peu.

— Elle voulait vous faire comprendre que si vous ne protégiez pas votre Promise, elle mourrait. Elle est une partie de vous-même, la partie que vous tentez de vous débarrasser. Si elle n'existe plus, vous serez perdu.

— Qui est exactement cette Sorcière ? Demanda Dark agressif, en se tournant vers lui.

— Je n'en sais pas plus. C'est elle qui a rouvert le passage vers mon monde. Je ne suis qu'un voyageur qui a croisé malencontreusement son chemin, s'excusa le Maître pour apaiser la colère du Prince.

— Et bien, si vous la croisez à nouveau, transmettez-lui MON message : Qu'elle aille au diable !

Le vieil homme devint soudainement très triste. Il avait échoué même s'il pouvait se rassurer en pensant qu'il avait fait de son mieux pour transmettre le message. La Sorcière ne l'en voudrait pas. De toute façon, ce n'était pas sa guerre. Il n'avait jamais voulu se mêler des histoires des peuples, mais juste pouvoir vivre tranquillement au sein même de la Source d'Énergie. À l'abri de la vanité et la violence des Hommes, il vivait en paix. Son esprit libéré de toutes les contraintes et de tous les maux coulait avec sérénité dans l'essence de Noutan et traversait le Temps avec elle. Il était heureux ainsi. Son être entier ne faisait plus qu'un avec la Source.

Il prit dans sa poche une petite Pierre qu'il déposa près de la jeune fille. Il lui sourit avec affection.

— Tenez. Ceci est la Pierre. Je vous remercie d'avoir ravivé mon arbre.

Il rajouta :

— Puisse-t-il recouvrer la raison !

Son corps devint transparent et tel un esprit, il disparut sans un mot de plus. Une fumée dorée monta alors dans les airs et s'évapora en scintillant. Le Maître du Temps était reparti, loin des maux des Hommes, loin de leur cupidité et de leur ignorance.

Une chaleur envahit Dark et quand il ouvrit les yeux, il se retrouva devant le grand ademium. Azami se relevait, un peu assommée par ce qui s'était passé. Elle découvrit la Pierre à ses pieds et s'émerveilla. Elle la saisit et la leva pour capter un rayon de soleil qui avait réussi à transpercer le feuillage. Un vent souffla et écarta les branches de l'arbre majestueux. La lumière inonda alors son visage rayonnant. Ils avaient réussi !

Dark l'observait, un sentiment étrange au creux de l'estomac. Se pourrait-il qu'il ne puisse contenir son pouvoir ? Allait-il réellement basculer dans les Ténèbres avant de tuer son père ? Azami allait-elle mourir comme le prétendait la Sorcière ? Et ce sentiment qu'il avait ressenti au moment de la mort d'Azami et qui ne le quittait pas… Face à son corps sans vie, il avait été désemparé puis une colère sans fond l'avait inondé dans tout son être. Se pourrait-il qu'il soit en train de s'attacher à elle ?

La jeune fille plaça fièrement la Pierre dans une petite bourse et la pendit à son cou. Dark se rembrunit. Il n'échouerait pas et il ne permettrait à personne de se mettre en travers de son chemin. Aussi difficile que cela puisse être, il ne reculerait devant rien pour arriver à ses fins.

Il ramassa son sac avec colère et sans dire un mot, il prit le chemin du retour.

Chapitre XX
Noutan, L'an 1335

Dans une ruelle très étroite, un jeune homme emmitouflé dans un long manteau regardait encore une fois derrière lui pour vérifier qu'il n'était pas suivi. Il s'arrêta et se concentra sur la présence qu'il cherchait. Son contact n'était plus très loin.

Il pressa le pas et remonta le col de son manteau pour cacher son visage. Puis il finit par s'arrêter complètement. Il entendit un rire moqueur dans un recoin sombre. Il ne voyait pas son visage mais il pouvait le deviner, ce visage qui le hantait la nuit.

— Tu es à l'heure, c'est une bonne chose. Qu'as-tu à me rapporter ?

Le jeune homme s'éclaircit la gorge. Il était beaucoup trop tendu.

— Dark a réussi à récupérer la Pierre que détenait le Maître du Temps. Il en est revenu sain et sauf.

— Bien… Et quoi d'autre ?

— Il projette de se débarrasser d'Azami.

Il y eut un silence puis la voix grave de l'ombre reprit :

— Le Seigneur des Ténèbres souhaite sa mort aussi. Cela ne devrait pas être un souci pour toi puisque finalement les deux veulent la même chose. Ainsi tu pourras continuer à nous servir discrètement en restant auprès des Compagnons.

Le jeune homme se crispa : si seulement il avait le choix…

— Débrouille-toi pour la faire disparaître lors de la prochaine offensive. Quand y allez-vous ?

— Dans deux jours.

— Bien.

L'ombre était satisfaite.

— Akito a-t-il repris des forces ? Demanda l'ombre en se moquant.

— Oui il va mieux. Il sera présent.

— Réfléchis bien au moyen d'accomplir ta mission et surtout, n'échoue pas.

La menace était claire. Le jeune homme serra ses poings et la voix rajouta avant de s'éloigner :

— Ta sœur s'est mariée. Elle va avoir un enfant.

Une angoisse le saisit. Il blanchit. Le jeune homme se rappela les traits de sa petite sœur, son sourire espiègle. Elle n'était pas vraiment belle mais elle avait trouvé un petit ami qui prenait bien soin d'elle. Aujourd'hui, devenue adulte, elle l'avait épousé et attendait son enfant.

Il n'avait jamais été un bon frère ni d'ailleurs un fils modèle. Il s'était conduit comme un voyou, volant et escroquant les gens et même sa propre famille. Et pourtant sa mère et sa sœur ne lui avaient jamais tourné le dos. C'était lui qui les avait abandonnées le jour où il avait suivi égoïstement le Sorcier Moyo. Celui-ci lui avait proposé l'Immortalité, en échange de quoi il devait se mettre au service du Seigneur Sédah, et ce pour l'éternité ! Il avait été bien stupide de croire dans les belles paroles du Sorcier : liberté, richesse, puissance ! Il n'était qu'un pion parmi les autres, sans liberté d'agir à sa guise, mêlé à une guerre qui ne le concernait pas. Et il n'avait plus le choix de refuser car les Guerriers s'en prendraient à sa famille. Il était condamné à obéir aveuglément et à trahir la seule personne qu'il aurait aimé servir : la Princesse Clytie.

Il avait tout perdu. Il n'avait pas pu assister sa mère quand la maladie l'avait frappée, ni quand elle succomba quelques mois plus tard. Il était resté spectateur du désarroi de sa petite sœur, livrée à elle-même, sans argent et sans famille.

Une voisine l'avait recueilli mais la maltraitant chaque jour, la blessant dans tout son être. Combien il aurait voulu intervenir, sauver sa sœur de ses griffes et s'occuper de sa sécurité et de son confort.

Il n'avait été qu'un égoïste. Aujourd'hui, il était malgré tout soulagé de savoir sa sœur en bonne santé, mariée à un homme bon et modeste. Il ne commettrait plus d'erreur et protégerait leur vie, même s'il fallait trahir douloureusement les seuls amis qu'il avait.

L'ombre s'éloigna en ricanant. Il ne serait jamais plus en paix.

Chapitre XXI
Noutan, L'an 1335

— Pouh ! Ça sent vraiment mauvais ! S'exclama Akito en se bouchant les narines.

— Je pensai que tu avais mal digéré quelque chose, se moqua Akainou.

Akito lui lança un regard noir. Pourquoi fallait-il que les Compagnons travaillent avec des Repentis ! Et plus spécialement celle-ci ! Elle aurait pu être charmante avec sa crinière rousse et ses grands yeux bleus. Mais voilà, elle était un Repenti avec un sale caractère, des manières de sorcières et une langue de vipère.

Akainou le dépassa et le poussa au passage. Akito se retint de tomber dans l'eau des égouts qui courait sur le côté, des égouts bizarrement jonchés de corps flottants.

— Maudit soit cette…

— Attention, tu vas devenir vulgaire, coupa Mamoru en passant devant lui. Et je pourrais me sentir blessé.

Les deux hommes se mesurèrent du regard. Celui-ci était bien pire avec son allure de corbeau. Il avait un regard d'oiseau de mauvais augure. Akito s'était toujours senti très mal à l'aise avec lui, l'évitant quand il le pouvait.

Mamoru ne parlait quasiment jamais. Son passe-temps était de fixer les gens pendant des heures, perché sur un promontoire. Akito pensait que des trois comparses, comme il aimait les appeler, c'était lui le plus dérangé.

— Si tu crois que tu me fais peur ! Lui jeta Akito au visage.

— Ça suffit vous deux ! Intervint Phung. Vous réglerez vos affaires plus tard. Avancez !

Mamoru leur sourit d'un air moqueur.

— Maman a dit que l'on devait s'arrêter là. Alors respire petit cochon. Profite du voyage dans ta maison !

Akito se jeta sur lui mais Phung l'attrapa solidement par la taille.

— Laisse tomber Akito. Il ne cherche qu'à te provoquer.

— Un de ces jours Mamoru, je vais te botter les fesses !

Mais Mamoru repartait en riant.

— Calme-toi Akito. On a une mission et aujourd'hui, je ne la sens pas. Alors, reste concentré et ne lâche pas Azami des yeux.

Akito se tourna et vit Azami disparaître derrière un mur, à une cinquantaine de pas. Elle suivait Minh et Dark. La colère s'apaisa.

— Désolé, mais ces Repentis me font stresser.

— Je me fais du souci. Azami est trop vulnérable. Sois vigilant.

Akito lui tapota l'épaule et repartit. Oui, il fallait ouvrir l'œil. Les Repentis étaient à fleur de peau.

La Porte des Oubliés se trouvait quelque part cachée dans ce dédale de tunnels pestilentiels. À l'époque de la création des Portes par le Sorcier Moyo, Gaëlii était la plus grande ville de l'Ouest d'Ouagan. Le Seigneur Bajoula qui vivait sur ses terres était un scientifique un peu fou qui avait décidé de créer le premier système d'évacuation des eaux. Au départ en surface, il avait très vite compris qu'il valait mieux l'enterrer pour éviter les émanations nauséabondes. Après une dizaine d'années de travaux, il avait difficilement achevé son œuvre au milieu d'une guerre engagée avec son voisin, le belliqueux Ariem.

Le Seigneur Bajoula dut se rendre à l'évidence que la défaite était inévitable, face à un adversaire bien préparé. Il déposa les armes et fut décapité. Sa tête fut accrochée à une pique et le reste de sa dépouille fut jeté dans les égouts, faisant très certainement le festin de rats ou chiens errants. Les habitants qui avaient réussi à fuir avant l'arrivée d'Ariem allèrent se cacher dans le dédale des égouts où ils disparurent à jamais.

Personne ne sut ce qu'il était advenu d'eux. Ils furent alors oubliés.

Ariem s'installa alors dans la ville de Gaëlli avec son armée. Les années de plein essor économique se transformèrent en années de décadence sans précédent.

Le Sorcier Moyo qui avait pactisé avec Ariem créa alors la Porte des Eaux Noires dans le labyrinthe des égouts et avec le temps, plus personne ne se soucia plus de cet accès vers le Monde des Ténèbres.

Aujourd'hui Gaëlli était devenue une ville où grouillait la faune la plus sauvage du pays d'Ouagan. Les habitants étaient violents et le taux de criminalité était le plus élevé du pays, comme si finalement Ariem avait contaminé à jamais cette ville bien tranquille par le passé. Et si les égouts sentaient plus mauvais que de coutume, c'était parce que quelques corps d'animaux en putréfaction y flottaient.

Azami ne savait plus où regarder. L'odeur était insoutenable et ces morceaux de corps qui stagnaient coincés par les détritus lui donnaient la nausée. Elle s'attacha à concentrer son regard devant ses pieds mais de temps en temps, quelque chose attirait son regard bien malgré elle…

Dark progressait vite et elle le suivait toujours avec peine. Il sentait la Porte, comme si elle l'invitait à y entrer. Il en émanait une force sombre et puissante. Cette même force parfois qui l'habitait et qu'il tentait de réprimer au fond de lui.

Il sentait aussi la présence d'Azami qui le suivait de près et cela l'agaçait. Et puis, il avait son air parfois dans sa tête. « *La jolie dame se promena, Se promena dans les jolis bois… ».* C'était quoi après ? Il comprenait pourquoi une Promise était dangereuse. Son corps était attiré par elle, mais le plus incroyable, c'était que malgré son attitude froide et agressive, son esprit pensait à elle ! Il rageait car il se sentait impuissant face à cette attirance. Un lien indestructible liait les Promis dès leur naissance. Le temps et la distance ne pouvaient jamais altérer ce lien. Et plus le Promis approchait les vingt-cinq ans, et plus l'attirance était grande.

Heureusement, la colère était pour l'instant la plus forte. Il la maîtrisait même quand elle parcourait tout son être. Elle lui permettait de développer sa puissance. Il sentait ses pouvoirs grandirent : sa capacité à repérer ses ennemis, à parer les coups les yeux fermés et même à pénétrer l'esprit de ses adversaires. Et puis, il avait réussi dernièrement à réduire en cendre des objets en bois. Il ne manquait plus qu'à essayer sa nouvelle faculté sur ses ennemis. Un sourire cynique étira ses lèvres, il progressait dans l'apprentissage de ses pouvoirs. Il devenait puissant et se mit à accélérer ses pas, impatient de rencontrer ses adversaires.

Azami ne comprenait pas bien pourquoi Dark accélérait. Un léger malaise la saisit. Elle s'arrêta et s'appuya contre un mur. Une angoisse terrible la saisit, comme si tout à coup, un sentiment violent l'avait traversé. Elle se mit à trembler. Quelque chose se préparait. Quelque chose allait leur arriver.

Chapitre XXII
Noutan, L'an 1335

Azami saisit le petit sac en tissu qui pendait à son cou et qui contenait la pierre. Elle essaya de le serrer fort pour faire cesser de trembler ses mains. Son cœur battait vite et un sentiment de mal-être l'avait envahie.

Minh s'arrêta près d'elle :

— Azami ? Quelque chose ne va pas ?

Azami tenta de sourire mais le malaise continuait à augmenter.

— C'est idiot, j'ai soudainement peur et je ne sais pas pourquoi. C'est comme si quelque chose de mauvais allait arriver.

Minh s'inquiéta car cela confortait ses doutes. Il régnait dans ce tunnel une étrange atmosphère peu rassurante.

— Je ressens la même chose. J'ai l'impression que l'air est pesant et malsain. Et je ne parle pas de l'odeur.

— Ça me glace le corps.

Minh observa l'eau sombre et sale qui s'écoulait très doucement, puis elle orienta le faisceau de sa torche sur les murs et recoins des égouts. Les Repentis les dépassèrent sans s'arrêter.

— Viens, ne perdons pas de temps. On trouve la Porte et on file d'ici ! Reste derrière moi.

Minh repartit, suivie d'Azami encore peu rassurée.

Soudain, Phung poussa un cri. Azami se retourna et vit son compagnon tomber dans l'eau. Phung se débattait et il n'arrivait pas à refaire surface. Il avait son poignard dans sa main, mais il ne parvenait pas à se dégager. Quelque chose avait saisi sa jambe et lui faisait mal.

Minh se précipita aux côtés d'Akito. Les eaux n'étaient pas profondes mais elles étaient si sombres, que l'on n'y voyait rien.

Akito se débarrassa de son sabre et plongea à son tour. Quelque chose de visqueux le frôla et une main puissante attrapa son épaule mais il réussit à se dégager d'un mouvement brusque.

Azami s'avança horrifiée par la scène qui se déroulait devant ses yeux. Minh plongea aussi, la laissant seule sur l'étroit chemin.

— Dark ! Cria-t-elle paniquée.

Dark et les Repentis avaient disparu dans ce labyrinthe de souterrains et ils semblaient être trop loin pour avoir entendu le cri de Phung. Alors elle appela de nouveau Dark de toutes ses forces. Mais, son cri se figea quand elle se sentit brusquement tirée par les pieds. Son corps tomba violemment sur le sol. Ses mains tentèrent de s'agripper aux aspérités du sol pour ralentir sa progression vers l'eau mais ses ongles ne firent que s'abîmer. Elle tomba dans les égouts. La chose l'entraîna au fond de l'eau, essayant probablement de la noyer. De l'eau entra dans sa bouche et le goût était infect. Elle tenta de desserrer la poigne qui la maintenait mais c'était impossible : elle était trop puissante.

Minh plongea à nouveau et planta pour la troisième fois son poignard dans le torse de cet être. Elle rageait car ses amis allaient finir par se noyer devant ses yeux.

Akito avait planté le sien dans le poignet de l'être mais rien à faire, celui-ci ne lâchait pas sa cheville. Une question stupide lui traversa l'esprit : Combien de bras avait ce monstre ?

Il vit Minh sortir son sabre et l'abattre dans ce qui ressemblait à une monstrueuse tête, enfoncée dans une hideuse tignasse dont il ne distinguait pas parfaitement les traits, à cause de la faiblesse de la luminosité. Les torches étaient en effet tombées sur le bord de la canalisation et n'éclairaient pas dans la bonne direction. Mais il lui semblait que l'être était féminin.

Azami remonta en surface et eut juste le temps de reprendre un peu d'air avant d'être à nouveau tirée vers le fond. Soudain, la chose lâcha prise et elle tenta de s'agripper au rebord. Une main la saisit et la fit remonter un peu brutalement. Elle releva la tête et vit Akainou, la bouche fendue d'un sourire moqueur. Elle crachota et eut la nausée : elle empestait et avait le goût affreux de cette eau contaminée par des cadavres. Elle se mit sur ses genoux. Ses compagnons étaient aussi sortis de l'eau et faisaient de même.

Les Repentis riaient en se moquant ouvertement de ce qui leur était arrivé.

— Se faire prendre bêtement par une Sirène des Mauvaises Eaux. Il faut vraiment être stupide ! S'esclaffa Akainou.

— Et tous les quatre en plus ! Rajouta Mamoru. Les Compagnons sont vraiment pathétiques !

— Ils n'ont rien ressenti, renchérit Akainou. Il faut croire qu'ils ont été élevés dans du coton !

Akito était bien trop occupé à cracher pour répondre cette fois-ci. Azami croisa le regard de Dark. Il semblait amusé lui aussi. Aucun doute : il avait fait exprès de ne pas l'entendre. Minh l'aida à se remettre debout.

— Et bien puisque nous avons fini de vous faire rire, nous pouvons nous remettre en route.

Elle passa dignement devant les Repentis, suivie d'une Azami toute trempée et tremblante.

Les Compagnons reprirent le chemin. Au bout d'une heure, ils finirent par trouver la Porte des Eaux Noires. Elle était plus petite que la fois dernière, mais elle dégageait toujours une lueur verte.

Les Compagnons se tinrent cachés dans un renfoncement, épiant les allées et venues des gardes.

— Azami, tu restes ici avec Minh tant que le passage n'est pas sûr, chuchota Phung.

Azami acquiesça. Elle était tendue. Les Guerriers Makkuras étaient peu nombreux, ce qui était suspicieux. Les Compagnons restaient vigilants et longèrent le tunnel qui donnait sur une grande salle où se trouvait la Porte. Cette fois, les Makkuras étaient aux aguets. Ils ne discutaient pas entre eux et restaient attentifs. Dark marqua un temps d'arrêt. Il était certain que les Guerriers les attendaient.

Les Compagnons pénétrèrent rapidement dans la vaste salle et engagèrent le combat. D'autres Guerriers arrivèrent par la Porte, alertés par l'intrusion des ennemis.

Soudain, Dark leva la tête et vit dans la pénombre, un Prince des Ténèbres. Il était adossé à une porte en métal, quelques mètres plus hauts et observait le combat. Dark décapita un Guerrier mais ne quitta pas des yeux son frère qui le toisait avec mépris.

Il le reconnut tout de suite. Il était plus grand que dans ses souvenirs mais les cheveux avaient la même couleur brun-rouge. Son regard était sombre et altier. Le signe des descendants des Immortels courait sur une partie de son visage, en scintillant. Il avait une cicatrice sur sa joue gauche. Féraï…

Le petit garçon attrapa juste à temps son sabre. Il para le coup de son grand frère et lui entailla la joue. Cependant, son frère répliqua par un coup de sabre puissant. Dark se protégea le visage en plaçant son sabre devant lui. Mais il n'avait pas encore assez de force alors il fut projeté contre la paroi. Il grimaça de douleur et lâcha une fois de plus son sabre, le laissant à la merci de son adversaire.

Le petit garçon se releva mais il sentit sur son cou une lame. Il fixa son frère droit dans les yeux. Il n'avait pas peur de mourir. Son frère l'agrippa par les cheveux.

—   Si père ne tenait pas tant à toi, je te découperais ici même, lança avec mépris Féraï. Mais un jour Dark, je m'occuperai de toi.

Féraï toucha sa blessure : celle-ci resterait à jamais sur son visage. Les sabres que Moyo avait créés ne permettaient pas à leur peau de se régénérer rapidement et sans cicatrices.

Le petit garçon le brava du regard : il n'était pas question de montrer une quelconque faiblesse. Furieux, Féraï lui asséna un coup de poing au visage. Dark tomba à terre. Il se redressa sur ses coudes et essuya le sang qui coulait de ses lèvres. Le petit garçon se jura qu'un jour, il deviendrait puissant et qu'il se vengerait de toutes les souffrances qu'il avait endurées au cours de son enfance. Oui, le moment viendrait où il montrerait à ses frères combien il était dangereux d'avoir voulu se mesurer à lui. C'est alors qu'il sentit un coup atroce sur la base de son crâne et il perdit connaissance.

Dark se débarrassa rageusement des adversaires qui lui entravaient le passage menant à son frère. Plus rien ne comptait que cette tête arrogante qui le provoquait. Mais alors d'autres Guerriers lui barrèrent le chemin, encore plus nombreux.

Azami restait bien entre Minh et Akito. Les Guerriers étaient maintenant nombreux et ils continuaient d'affluer. Il fallait détruire la Porte. Akito se chargeait des adversaires qui passaient la Porte pendant que Minh s'occupait de leurs arrières.

Azami vit Phung se battre de l'autre côté du canal. Akainou traversa elle aussi pour lui venir en aide. Finalement, dans le combat, les Repentis étaient solidaires des Compagnons.

Elle chercha Dark du regard. Il était entouré d'une vingtaine de Guerriers. Sa force était telle que ses adversaires ne résisteraient pas bien longtemps. Elle se demanda pourquoi ils ne fuyaient pas alors qu'ils étaient certains de mourir. Elle remarqua alors une silhouette adossée à une porte en haut d'un escalier en colimaçon. Le jeune homme observait tranquillement la scène avec un sourire de satisfaction sur les lèvres. Soudain son regard se posa sur elle. Azami frémit. Cet homme était terrifiant et à n'en pas douter, c'était un Prince.

L'homme se redressa et cessa de sourire. Il pointa son regard vers elle. Azami ressentit alors une grande douleur dans sa tête. Elle cria et tomba à genoux, les mains sur son crâne. Minh se tourna vers elle :

— Azami ! Chasse-le de ta tête !

Azami se mit à saigner du nez. La douleur était atroce et elle ne cessait de crier. Minh l'attrapa par les épaules.

— Repousse-le ! Hurla-t-elle.

Minh se retourna pour parer un coup et repoussa son adversaire. Il fallait qu'elle trouve un moyen d'aider la jeune fille. Elle chercha Phung du regard mais le jeune homme était trop loin pour leur venir en aide.

— Mamoru ! Appela-t-elle. Surveille nos arrières !

Mamoru se retourna et sauta pour les rejoindre. Il vit Azami repliée sur elle-même en train de lutter contre le pouvoir de Féraï. Celui-ci allait la tuer. Elle ne tiendrait pas longtemps ainsi.

Minh fonça vers l'escalier en colimaçon. Elle n'avait aucune chance face à un Prince des Ténèbres mais il fallait tenter quelque chose, même absurde fut-elle.

Elle parvint devant le Prince. Une aura maléfique se dégageait de sa personne. Elle croisa ses yeux d'un vert clair, qui contrastaient avec ses cheveux brun-rouge. Il était effrayant. Son visage était dur et il émanait de son corps une force incroyable. Un sourire carnassier retroussa ses lèvres.

— La jolie Minh… Il y a longtemps que l'on ne s'est croisé.

Minh se crispa. Elle se souvint de sa rencontre quelques années auparavant. Féraï lui avait tendu un piège alors qu'elle était sortie s'amuser avec trois autres Compagnons. C'était un jour terrible. Leur rencontre fut brève mais elle coûta la vie à ses amis, dont Saya… Il l'avait épargnée seulement parce qu'il avait voulu qu'elle transmette un message à Dark.

— L'immortalité te va bien. Clytie choisit bien ses Compagnons. Dommage qu'elle les choisisse pour leur beauté et non pour leur intelligence.

Minh s'avança vers lui, avec un sourire amusé.

— Je suis venue jusqu'à toi parce que je voulais détourner ton attention. Comme je suis jolie, je me suis dit qu'il était impossible que tu ne succombes à mes charmes.

Féraï se mit à rire. Minh avait toujours eu du cran même face à la mort. Il reconnaissait que la jeune femme avait du courage.

— Tu es jolie certes. Mais les dés sont déjà jetés sans que ta misérable intervention puisse changer quelque chose.

Minh blêmit. Elle comprit mais trop tard que le piège venait de se refermer sur Azami.

Chapitre XXIII
Noutan, L'an 1335

Féraï avait accompli sa mission. Sans plus s'occuper du combat qui se déroulait quelques mètres plus bas, il ouvrit la porte en métal et disparut. Minh agrippa la rambarde et se jeta dans le vide.

Azami vit le Guerrier passer devant Mamoru sans qu'il n'intervienne. La lame vint se planter dans son ventre et la traversa. Elle fixa avec peine le visage de Mamoru. Elle crut y déceler du regret juste avant qu'il ne se détourne. Le Guerrier retira la lame et Azami tomba à terre. Il leva son arme au-dessus de sa tête mais Minh ne lui laissa pas le temps de frapper encore une fois. Elle lui trancha net sa tête qui s'envola d'une façon un peu bizarre. Le guerrier partit en fumée. La scène de combat sembla se ralentir. Azami entendait son amie lui parler comme si la moitié des mots seulement lui parvenaient. Elle fut soulevée et portée près de la Porte. Elle leva machinalement la pierre qu'elle crispait dans sa main de peur de la lâcher et l'inséra dans l'orifice. La Porte se désagrégea instantanément. Une larme roula sur son visage. Elle aurait voulu croire que les Repentis pouvaient devenir ses amis. Ses yeux se fermèrent bien malgré elle. Sa tête s'inclina.

Le véhicule fonçait depuis près de deux heures en direction de la forêt Féliassande. Akito conduisait très vite car chaque minute était précieuse. Azami semblait s'accrocher mais il était évident que sa vie s'échappait peu à peu de son corps. Ses mains se crispèrent sur le volant. Ces Repentis… Le Maître avait eu tort de leur faire confiance. Si Azami mourait alors tout serait perdu.

Il quitta la route principale et s'engagea dans un chemin en terre. Le véhicule tressautait car le chemin était en mauvais état, couvert par des nids-de-poule. Il était conscient que les secousses n'étaient pas bonnes pour Azami mais il n'avait plus le choix.

Akito n'avait jamais rencontré la Sorcière Sans Nom mais il avait amené Maître Lichan jusqu'à sa maison. Enfin, si on peut désigner ça une maison : un tas de planches clouées, avec une minuscule cheminée qui menaçait à tout instant de glisser de la toiture. Cette cabane était entourée d'arbres d'une hauteur vertigineuse, comme si ces arbres gardaient précieusement entre leurs pattes une petite boîte. Et Akito avait attendu longtemps près du puits en pierre que sorte la fameuse Sorcière. Mais elle n'avait jamais pointé son nez. Son esprit s'était alors imaginé des tas de choses sur ce que devait contenir la maison.

Dans un dérapage, il emprunta un sentier à toute vitesse. Le véhicule était mis à rude épreuve. Il sentit les roues patiner puis raccrocher le sol pour repartir de plus belle.

Minh couvrit Azami car son corps refroidissait. Le véhicule s'immobilisa enfin et Akito ouvrit la porte passagère. Il saisit le corps inanimé de la jeune fille. Il lui sembla trop léger. Il se mit alors à courir aussi vite qu'il le pouvait à travers les arbres de cette forêt très sombre.

La Sorcière Sans Nom puisait de l'eau dans le puits. Elle se redressa et fixa les étrangers qui s'approchaient en courant. Des Compagnons et une jeune fille, la Promise de Dark. Elle reconnut son aura tendre et délicate. Elle releva la capuche de son manteau noir pour masquer son visage.

Akito s'arrêta devant la Sorcière. Il distinguait à peine ses traits.

— Nous avons besoin de votre aide.

— Amenez-la à l'intérieur, coupa la Sorcière d'une voix grave.

Elle rajouta à Minh :

— Prenez ce seau et portez-le moi.

Minh se raidit. À force de vivre retirée de tous, la Sorcière avait certainement oublié comment parler aux gens. Elle ne supportait pas ce ton impérieux. Elle ravala sa fierté. Ce n'était pas le moment de pinailler. La vie de son amie était entre ses mains. Elle souleva le seau et grimaça. Quand la situation s'arrangerait, il faudra qu'elle lui rappelle quelques règles d'or concernant la bienséance.

Akito déposa Azami sur le seul lit de la maison. Il restait méfiant et il ne put s'empêcher de regarder rapidement la seule pièce de cette curieuse habitation. Elle était petite et sobre. Elle ne contenait que le strict minimum : une table, une chaise, une armoire et un lit. Aucun objet personnel ne traînait, aucune fioriture n'existait. Seulement quelques herbes séchées étaient pendues près de l'âtre et embaumaient la pièce. Mais pas de traces de gros rats enfermés dans une cage ou de viscères de lapins accrochés aux fenêtres. Il en fut soulagé. Il aurait abandonné son amie dans une masure infectée de carcasses d'animaux comme il se l'était imaginé la première fois où il était venu.

— Maintenant, laissez-nous.

Les deux Compagnons sortirent sans un mot. Akito jeta encore un regard au corps d'Azami. Elle fermait les yeux comme si la mort l'avait déjà emportée. La Sorcière poussa la porte. Le sort de la jeune fille était entre ses mains.

La Sorcière prit un pot dans l'armoire et l'ouvrit. Elle versa un peu de son contenu dans un petit bol et ajouta de l'eau. La poudre s'épaissit en un liquide visqueux. Elle retira la chemise d'Azami et appliqua le remède sur la blessure pour arrêter le sang de couler. La jeune fille ne gémit pas, ce qui n'augurait rien de bon. Elle posa les mains sur la blessure et se concentra. La pierre violette qu'elle avait sur une chaîne autour de son cou se mit à briller. Elle psalmodia une incantation et entra en transe.

Dark sortit sur le balcon qui courait autour du bâtiment où se trouvait sa chambre. Il vit les restes de la petite maison calcinée d'Azami. Il se souvint de son sourire quand elle avait ouvert le sachet de graines pour remplir les mangeoires. Il était resté à observer son corps mince et gracieux, guettant chaque mouvement pour s'imprimer de son image.

Il ouvrit sa main droite : la marque des Promis était encore présente, ce qui prouvait qu'Azami vivait encore. Il referma sa main. Il avait vu le guerrier Makkura enfoncer son sabre dans la chair d'Azami. Ni Mamoru ni lui-même n'étaient intervenus. C'était leur plan et ils avaient réussi. Cela avait été bien facile d'ailleurs. Jamais il n'aurait imaginé que les Compagnons laisseraient la jeune fille toute seule. Sans défense, Mamoru n'avait eu qu'à s'écarter pour laisser passer l'ennemi.

Il ferma les yeux et se concentra pour trouver la jeune fille. Il fallait qu'il s'assure qu'elle succombe à ses blessures. Il ne supportait plus de la faire souffrir ainsi. Il la trouva allongée sur un vieux lit en bois. Elle était inconsciente. Sa peau était marbrée et lui rappelait la mort. Il vit la blessure et il perdit un moment la connexion. Il agrippa la rambarde : la blessure était vraiment moche. Il se rappela sa gaieté et son sourire. Son cœur se serra. Elle était sienne. Comment avait-il pu… Il se ressaisit et se concentra à nouveau mais cette fois-ci, sur le cœur de la jeune fille.

La Sorcière sentit la présence de Dark. Le jeune homme s'attaquait à Azami. Elle sentit le cœur de la jeune fille ralentir dangereusement. Elle se retourna alors vers Dark. Elle le trouva sur un balcon du Manoir. Elle repoussa le jeune homme avec violence. Il fut projeté contre le mur derrière lui. Elle lui parla ensuite dans une langue étrange : celle du peuple de Mirouan.

Dark était furieux. Cette sorcière l'avait repoussé avec une force surprenante. Soudain il l'entendit parler. Il reconnut cette langue, celle de son père. Il se crispa : qui était cette femme ? Elle lui ordonnait de rester à l'écart. Il se concentra et lui porta un coup. Elle gémit et saisit une pierre. Il vit alors son regard devant lui. Ses yeux étaient d'une couleur blanche et ses pupilles étaient fendues. Il ressentit une douleur atroce à sa tête et il perdit définitivement sa connexion.

La sorcière se releva et se pencha sur la jeune fille. Maintenant, elle allait pouvoir la guérir. Elle appliqua ses mains sur la blessure et ferma les yeux.

Chapitre XXIV
Noutan, L'an 1335

Azami se réveilla enfin. Elle rencontra le regard d'une femme. Elle avait des yeux bleus tellement clairs que l'on aurait dit qu'ils étaient blancs. Les pupilles étaient fendues. Cette femme appartenait au Monde des Origines.

Quelques mèches brunes s'échappaient de sa capuche. Elle avait les traits fins et elle était vraiment belle. Azami n'aurait su lui donner un âge.

—   Qui êtes-vous ? Demanda Azami très curieuse de connaître l'identité de la femme qui lui avait sauvé la vie.

La femme recula un peu. Azami ne voyait plus son visage car la capuche le cachait.

—   Vos blessures sont refermées, dit-elle d'une voix un peu grave. Je ne peux pas faire disparaître les cicatrices. Votre peau ne contient pas assez de cellules régénératrices pour guérir complètement. Pendant quelque temps, elles risquent d'être un peu douloureuses. Mais avec le temps, vous ne souffrirez plus.

Elle se leva et Azami attrapa sa main.

—   Merci.

—   Je vais appeler vos amis. Voilà près d'une semaine qu'ils patientent dehors.

Azami se releva et grimaça. Elle porta une main sur son ventre.

—   Attendez !

Azami reprit son souffle puis demanda très surprise :

—   Cela fait une semaine que je suis ici ?

—   Il est temps que vous partiez.

Azami avait des milliers de questions à lui poser. Elle ne pouvait pas partir ainsi.

—   C'est vous que l'on appelle la Sorcière Sans Nom, n'est-ce pas ? Demanda-t-elle de sa douce voix pour tenter de la retenir.

— Dans ce monde, c'est ainsi qu'on me nomme.

— Cela fait deux fois que vous me sauvez. La première fois, j'étais un nourrisson. Vous avez soigné m'a blessure au cou. Je vous remercie.

— Il va basculer très bientôt. Son pouvoir se décuple et il surpassera son père. Il va falloir agir vite si vous voulez le sauver.

Azami se recoucha, un peu abattue :

— Dark ne me laisse pas l'approcher, avoua Azami avec tristesse. Il ne m'a pas protégée et il profitera de toutes les occasions pour me faire disparaître.

— Vous êtes Promis. Votre lien est éternel et indestructible. Ne tremblez plus devant lui et affrontez-le. Montrez-lui votre courage.

La Sorcière ouvrit la porte. Elle ajouta :

— À chaque fois que vous l'approchez, votre lien se renforce. C'est pourquoi vous êtes une menace.

Elle sortit et referma la porte. Un air glacial entra dans la pièce. Azami se couvrit jusqu'aux épaules. Dark la craignait-il ?

Minh se précipita dans la pièce. Elle avait un grand sourire. Elle était suivie d'Akito. Étrangement, Phung n'était pas avec eux.

Elle prit affectueusement Azami dans ses bras.

— Je suis heureuse que tu sois guérie. J'ai eu vraiment très peur !

— Oui, il s'en est fallu de peu, renchérit Akito.

Minh se releva et observa son amie comme si elle n'en croyait pas ses yeux. La Sorcière avait fait des miracles. Elle garda sa main dans la sienne :

— Quand je pense que Mamoru n'a rien fait pour te protéger, j'enrage.

Azami serra un peu plus fort la main de son amie :

— Je suis en vie. Il n'y a plus que ça qui compte. Mamoru doit avoir ses raisons. Je lui parlerai.

— Ne t'inquiète pas. Nous allons nous occuper de lui.

— Non, Minh. Il a obéi à Dark. On sait combien ce dernier peut être persuasif.

Azami s'assit péniblement au bord du lit et posa les pieds par terre.

— J'ai bien l'intention de lui prouver que je suis plus robuste qu'il ne le pense et qu'il ne se débarrassera pas de moi aussi facilement.

Akito lui apporta ses vêtements.

— Tu m'as l'air bien décidé. Cette fois-ci je protégerai mieux tes arrières.

— Merci Akito… Où se trouvent les comparses ?

— Ils sont en train de fêter leur victoire au bal de Lyrine.

— Et qui est Lyrine ? Demanda Azami surprise.

Akito sourit et croisa les bras :

— Tu ne connais pas Lyrine ?

— Non. Suis-je censée l'avoir déjà vue ? Demanda Azami surprise.

— C'est-à-dire que tout le monde connaît Lyrine.

— Akito se moque de toi, intervint Minh. Comment aurais-tu pu la connaître étant donné que tu vivais cloîtrer. Lyrine est une très riche noutanaise. Très belle, très sophistiquée et pas du tout sympa. Le genre pimbêche et ennuyeuse.

— Elle dit ça parce qu'elle est jalouse. Lyrine est magnifique et sa compagnie est des plus agréables.

— Tu la défends parce que vous êtes sorti ensemble. Mais elle t'a largué au bout de trois jours. Alors…

— Pas du tout, coupa Akito vexé. C'est moi qui aie rompu.

— Et pourquoi ? Parce qu'elle t'avait remplacé !

Minh commença à s'éloigner, suivi par Akito qui tentait de se justifier. Azami en profita pour passer un pull et un pantalon.

Les gestes étaient douloureux et les cicatrices tiraillaient un peu. Elle mit un certain temps à s'habiller.

Minh revint et aida son amie à enfiler des chaussettes.

— Qu'est-ce qu'il peut être ennuyant avec sa Lyrine !

Azami sourit à son amie. Que c'était bon d'entendre sa voix !

— Elle est si horrible que ça ?

— Tu veux dire pimbêche et ennuyeuse ?

— Oui.

— Et bien c'est une belle jeune femme mais elle ne sera jamais l'une de mes amies. Tu comprendras quand tu la verras.

Minh hésita à rajouter quelque chose puis s'abstint. Cela n'échappa pas à Azami qui la poussa à poursuivre :

— Il semblerait que tu ne me dises pas tout.

— Euh… En ce moment elle lorgne Dark. Elle essaie de séduire le beau Prince.

Minh se pencha vers son amie et poursuivit :

— Mais ne t'inquiète pas. Elle n'a aucune chance. Tu es plus jolie que cette idiote.

Azami se mit à rire :

— Alors j'en suis soulagée. Au vu de ce qu'il m'a fait subir, je me dis qu'il doit vraiment beaucoup tenir à moi. Sa façon d'aimer est particulière !

Minh cessa de lui sourire :

— Tu ne lui en veux pas ?

— Non. Je comprends qu'il ait voulu se débarrasser de son encombrante Promise.

— Azami, promets-moi de rester prudente.

Les deux amies se dévisagèrent un moment.

— Je te le promets.

— J'ai eu si peur.

Minh serra ses mains très fort. Puis elle se leva en souriant de nouveau d'un air malicieux :

— En revanche, Lyrine a un don pour organiser les plus beaux bals de tout Noutan. Et dans trois jours, elle fête le changement de lune. On va s'amuser !

Azami se releva péniblement :

— Dans trois jours ?

— Oui. Alors prépare-toi et nous allons montrer à ton Promis que tu es vivante et magnifique.

Minh rejoignit Akito à l'extérieur. Azami pensa au changement de lune. Tous les huit ans, la lune orangée changeait et elle était remplacée par une nouvelle lune violette. Le phénomène s'accompagnait d'une illumination dans le ciel. Des milliers d'étoiles filantes rendaient ce moment magique. Azami en avait vu lorsqu'elle vivait avec ses Gardiens. C'était merveilleux et très beau.

Azami mit ses chaussures. Elle allait trouver des vêtements décents et s'incruster à la petite fête de cette fameuse Lyrine.

La jeune fille sortit de la maison de la Sorcière, un peu courbée par la douleur mais plus déterminée que jamais.

Chapitre XXV
Noutan, L'an 1335

Akito serra le bras d'Azami et la guida vers la grande salle. Phung et Minh les suivaient. Azami était impressionnée par le nombre de convives. Deux cents ? Trois cents ? La salle de réception était immense avec de grands lustres de cristal qui pendaient au plafond. Les murs étaient décorés par d'immenses tableaux coûteux et le mobilier devait valoir une fortune.

Akito lui apprit que Lyrine appartenait à l'une des plus riches familles de Noutan. Par le passé, ses ancêtres, les Wilstokeng, avaient été de grands seigneurs. Ils avaient fait commerce dans la soierie puis ils s'étaient tournés vers la fabrication et la vente d'armes, ce qui avait été semblait-il plus rentable. Autrefois, la Vierge Clytie avait eu recours à leur service, notamment pour la fabrication de sabres. Depuis, les Compagnons avaient toujours entretenu des liens avec cette famille noutanienne.

— Je vais me prendre un verre, déclara Phung d'un air sombre.

Il s'éloigna d'un pas pressé. Azami le trouvait étrange. Il avait toujours été peu démonstratif, mais son repli l'inquiétait vraiment. Quelque chose clochait dans son attitude.

De retour au Manoir, il l'avait prise dans ses bras, mais il manquait de chaleur. Il semblerait que la dernière bataille l'ait profondément altéré. Était-elle la seule à s'en apercevoir ?

— Phung a l'air distant.

— Il ne digère pas, avança Minh avec conviction.

— Il déteste le monde, ajouta Akito. Ça le rend très nerveux. Moi en revanche, j'adore !

— On se demande qu'est-ce que tu détestes… Ironisa Minh.

Akito s'arrêta et ses muscles se tendirent.

— Eux par exemple.

Azami aperçut Mamoru, Akainou et Dark en train de bavarder tranquillement avec une belle jeune femme.

— Lyrine ?

— Oui, Lyrine, cracha Minh. Changeons de direction. Elle me donne des boutons.

Lyrine était vraiment très belle. Sa longue chevelure blonde et bouclée contrastait avec sa peau mate. Même sans ses talons aiguilles, elle était grande. Sa robe de soie moulait son corps fin et gracieux. Elle était tout simplement divine.

Lyrine souriait tout en posant une main sur le bras de Dark. Même son sourire était éclatant. Le cœur d'Azami se serra. Dark venait de se pencher vers elle et il lui murmurait quelques mots à l'oreille. Lyrine se mit à rire. Les Repentis et Dark étaient apparemment à l'aise en sa compagnie, eux qui ne fréquentaient jamais personne. Azami ressentit une pointe de jalousie.

Akito retint Minh qui tentait de s'échapper.

— Il serait inconvenant de ne pas lui rendre hommage pour l'organisation de cette somptueuse fête, non ?

— Toi, tu cherches les ennuis un peu trop vite, annonça Minh en grimaçant. J'aurais aimé profiter de la soirée. Mais bon, comme tu le sens !

Ils s'avancèrent et Azami trembla un peu. Son cœur s'accéléra bêtement. Dark était magnifique dans un élégant pantalon noir et une belle chemise blanche déboutonnée au col. Elle remarqua qu'il était chaussé de baskets et cela la fit sourire. Il ne portait pas d'armes, du moins en apparence.

— Bonjour Lyrine, dit Akito.

Lyrine se retourna et lui rendit le sourire. Un sourire de façade, bien préparé. Azami comprenait ce que voulait dire Minh. Elle était superficielle, une poupée de vitrine.

— Heureuse que tu aies pu venir. Tes amis ?

Azami croisa Dark qui s'était retourné complètement. Il la détailla sans manifester le moindre sentiment. Azami était déçue. Mais qu'espérait-elle ? Qu'il se jette à ses pieds en s'extasiant devant sa belle robe ? Ou qu'il la supplie de lui pardonner sa trahison en lui baisant la main ?

Seul Mamoru eut un geste de surprise. Mais il se ressaisit rapidement et but une gorgée de son verre qu'il tenait fortement dans ses mains, certainement pour reprendre des couleurs !

— Tu connais Minh, présenta Akito.

— Oui bien sûr.

Elles se saluèrent avec froideur.

— Et voici Azami.

Lyrine sembla la détailler de la tête aux pieds : sa chevelure noire montée en chignon flou, puis sa longue robe mauve qui lui descendait jusqu'aux pieds et mettait ses épaules en valeur. La tension entre la jeune fille et Dark ne lui échappa pas. Elle lui tendit la main avec nonchalance. Azami lui serra sans quitter Dark des yeux. Mamoru et Akainou avaient perdu leur bonne humeur.

Akainou prit un verre sur la table à côté d'elle et la tendit à Azami. Elle leva le sien avec un air moqueur :

— A ta santé ma chère !

Azami joua le jeu et porta le verre à sa bouche. Mais Akito fut plus vif et le lui prit des mains. Il but à sa place.

— Très bonne liqueur. Un peu forte, mais excellente !

Il nargua Akainou en finissant le verre et le posa bruyamment sur la table. Le combat de fortes têtes avait commencé.

Minh s'avança vers Mamoru et le prit par le bras.

— Comme nous sommes ravis de vous revoir ! Mamoru, tu m'accorderas bien une danse ?

Elle ne lui laissa pas le temps de répondre et l'entraîna vers la piste. Pour éviter les esclandres, il se laissa faire, son corps tendu comme un arc.

— Je ne t'ai jamais vu.

Azami sourit à Lyrine et répondit d'un ton aimable.

— Je suis de passage. Ta fête est très réussie. Félicitations !

— Merci. Je te présente Dark.

— Nous nous connaissons.

— C'est son fiancé, ajouta Akito d'un ton amusé.

Dark lui décocha un regard noir. Lyrine se décomposa et regarda le jeune homme médusé. Akito jubilait. Tout cela était vraiment amusant.

Dark serra ses poings et le tatouage de son visage s'assombrit. Akito poussa doucement Azami contre Dark. Elle lui prit le bras, un peu gênée par le jeu de son ami. Elle sentit tout de suite sa paume la picoter.

Lyrine semblait vouloir la dévorer. Azami serra plus fort le bras de Dark pour se donner du courage.

— Oui, nous sommes fiancés depuis peu.

Elle leva le visage vers lui. Elle avait le cœur qui battait très vite. Elle sentait sa colère. Ses muscles étaient tendus et il ne desserrait pas les dents. Akito s'amusait et elle sourit bien malgré elle. Elle ajouta alors malicieuse.

— Veuillez pardonner Dark. Il est réservé sur ce sujet. Mais il était impatient de me voir, n'est-ce pas chéri ?

Akito pouffa de rire et faillit avaler de travers son deuxième verre. Ce fut peut-être la goutte qui fit déborder le vase. Dark prit fermement la main d'Azami et sans un mot quitta le groupe en l'entraînant. Il bouscula au passage les invités qui discutaient et sortit par une grande porte-fenêtre qui donnait sur les jardins. Il trouva un coin désert et la poussa sans ménagement contre un mur en pierre.

Azami gémit quand son dos percuta l'obstacle. La blessure était encore très sensible. Dark se tenait devant elle, plus menaçant que jamais. Elle reprit son souffle, essayant d'oublier cette douleur lancinante, qui la faisait vraiment souffrir. Elle leva alors les yeux vers lui et se tint enfin prête à l'affronter et à régler ses comptes.

Ils entendirent la pendule sonner. La lune orangée disparut de l'horizon et une nouvelle lune violette commença à apparaître. Le moment était magique. Le ciel s'illumina de milliers d'étoiles filantes et éclaira les traits de Dark. Son visage était crispé. Azami sentit qu'il tentait de maîtriser la colère qui menaçait d'éclater. Il posa lentement une main sur le mur et l'autre sur le creux de son cou.

— Cette maudite sorcière t'a offert sa langue en prime, à ce que je vois.

Azami releva le menton, prête à le défier. Elle n'avait pas conscience de sa beauté. Ses traits fins et délicats, son regard franc et rieur, sa bouche attirante. Sa fraîcheur. Elle était vraiment désirable.

— Je suis plus forte que tu ne le penses. Je suis vivante et plus déterminée à jamais à accomplir ce pour quoi je suis née.

Dark remonta lentement sa main sur sa joue, en une caresse tendre et sensuelle. Ce simple toucher éveillait en elle des sentiments jusque-là inconnus, mais très agréables.

— Je te tuerai avant.

— Tu as eu bien des occasions mais tu n'as jamais tenté de le faire par toi-même.

Dark dénoua le fin tissu qui recouvrait la cicatrice de son cou délicat et passa un doigt dessus. Azami était encore très pâle mais elle était toujours sur ses deux jambes. Il avança ses lèvres vers son visage.

— Il faut croire que cette sorcière est puissante. Une parente, je présume.

Le regard de Dark était intense et sa voix trahissait encore la colère. Il attrapa Azami par la taille et la serra fort contre lui. Azami gémit et s'accrocha à lui pour soulager sa douleur. Un sentiment de bien-être l'envahit alors. La proximité de Dark lui donnait des frissons.

Elle soutint son regard. Leurs visages étaient proches. Soudain, Azami se mit sur la pointe des pieds et posa ses lèvres sur les siennes, comme une caresse. Un courant électrique les traversa tous les deux, puis une chaleur apaisante envahit leurs deux corps.

Dark la lâcha soudain. Azami recula, ne cessant d'observer sa réaction. L'instant fut bref, mais les émotions furent intenses. Le jeune homme semblait pétrifié. Il la fixait sans la voir. Son tatouage facial était très sombre et brillant, ce qui traduisait une forte émotion. Une aura étrange et malsaine les entourait et Azami frémit. Elle était allée trop loin. Mais il l'avait bien cherché après tout !

— Vous voilà enfin ! S'exclamèrent Minh, accompagnée de Lyrine et Akito.

Azami s'éloigna rapidement de Dark et courut se réfugier derrière son amie.

— J'ai terriblement soif. Nous devrions aller au bar nous désaltérer, proposa Azami d'une voix tremblante.

Minh observa Dark. Il semblait qu'il était sur le point de perdre son contrôle. Azami avait les joues rosies et ne désirait qu'une chose : prendre la fuite. Que s'était-il passé ? Minh n'osait y croire. Elle leva la tête : le changement de lune avait eu lieu. Des milliers d'étoiles filantes traversaient le ciel en l'illuminant. Le phénomène était magnifique et pourtant, à ce moment-là, l'atmosphère était pesante.

— Très bien, dit Minh.

Mamoru et Akainou les rejoignirent. L'attitude de Dark les inquiéta. Dark tentait de contenir sa colère mais il semblait avoir du mal à se maîtriser. Il était urgent de quitter les lieux.

— Vous en faites une tête ! S'exclama Lyrine qui ne comprenait pas bien ce qui se passait.

Elle prit Dark par le bras.

— J'ai l'impression que tu as besoin de te détendre. Suis-moi, je vais te montrer les armes de Wilstokeng. C'était de fameux guerriers.

Dark se dégagea un peu brusquement.

— Une autre fois.

Il se dirigea vers la sortie, suivi de ses deux camarades Mamoru et Akainou.

Azami vit Lyrine se décomposer. Minh se rapprocha de son oreille et chuchota.

— Faudra que tu m'expliques comment tu as réussi à mettre Dark dans un état pareil.

Azami s'empourpra de plus belle et baissa la tête. Elle avait vraiment osé le faire. Quand elle avait senti ses lèvres si proches des siennes, elle n'avait pas pu résister. Un sentiment étrange s'était alors emparé de son corps. L'instant avait été magique, comme si enfin elle retrouvait la partie d'elle-même qui lui manquait. L'attirance était puissante. Elle avait senti son corps répondre au sien. Elle avait senti son cœur battre au même rythme que le sien. Elle avait ouvert un lien entre leurs esprits.

La Sorcière Sans Nom avait raison : leur lien était indestructible. Dark n'était pas perdu. Il fallait seulement qu'Azami lui montre le chemin qui le sauverait. Il ne manquait plus qu'à savoir comment Dark allait prendre son baiser. Tenterait-il de se venger ?

Chapitre XXVI
Noutan, L'an 1335

— N'oublie surtout pas, l'avertit Minh. Après ta prestation de l'autre semaine, Dark est dans une colère noire. Alors, tu ne l'approches pas.

— Oui je sais. Tu me l'as déjà répété une bonne dizaine de fois. « Tu regardes la course sagement, tu fixes tes pieds si tu croises le regard de Dark et surtout tu ne tentes pas de lui sourire ou de lui parler. »

— Bien.

Akito se mit à rire et chuchota aux oreilles d'Azami :

— Tu peux lui faire un clin d'œil !

Minh lui envoya le torchon qu'elle tenait dans ses mains.

— Si tu continues à lui donner de mauvaises idées, elle va finir en brochette !

— Il ne me fera pas de mal.

— Ah oui ? Et qu'est-ce que tu en sais ? Demanda Minh ironiquement.

— Je le sens.

— Et bien, épargne-nous tes ressentis ! Moi, je ne le sens pas du tout… Et maintenant, va t'installer sur cette chaise et regarde ton amie concourir.

Azami sourit : son amie était vraiment touchante dans son rôle de mère poule. Akito lui lança un sourire de connivence et poussa sa moto sur la piste.

Azami n'avait pas été autorisée à monter dans les gradins. Elle devait rester près de Phung et suivre la course dans les boxes. Elle s'installa alors confortablement sur une chaise. Phung vint s'asseoir à côté d'elle et lui tendit un pot de pop-corn. Le jeune homme restait encore distant avec elle et Azami n'avait pas encore trouvé l'occasion d'aborder le sujet. Elle profita alors de ce moment d'intimité pour lancer la discussion :

— Je te trouve étrange depuis l'incident dans les égouts. J'ai l'impression que tu souffres aussi.

Phung but une gorgée de sa limonade et répondit d'un ton las :

— Je me sens fautif.

— Fautif ! C'est Mamoru qui n'est pas intervenu. Tu n'as aucune responsabilité dans ce qui s'est passé.

— Tu te trompes.

Azami posa sa main sur son bras :

— Dark avait tout planifié avec Mamoru. Tu n'as pas à t'en vouloir.

Le regard triste de Phung pénétra le sien. Rien de ce qu'elle pourrait dire ne changerait son opinion. Il endossait une responsabilité qui n'était pas la sienne et cela le perturbait au point qu'il s'était replié sur lui-même.

— Si tu le dis…

— Tu es mon ami Phung, et j'ai confiance en toi. Dark souhaite ma mort depuis longtemps. Il ne veut pas se lier et il fera tout ce qu'il peut pour me faire disparaître.

Le départ de la course fut lancé. Les motos firent un bruit assourdissant en démarrant. Les candidats se lancèrent sur la piste pour aborder la première ligne droite à pleine vitesse.

La soirée promettait d'être intéressante : les Repentis, Dark, Minh et Akito concouraient et aucun d'entre eux ne voulait perdre.

Azami proposa des pop-corn à son ami. Après une courte hésitation, Phung plongea sa main dans le pot et lui sourit.

— Merci.

Son attention se porta ensuite sur l'écran en face de lui. La discussion était close. Son sabre était posé près de sa chaise, pour la défendre au péril de sa vie s'ils étaient attaqués. Azami avait le cœur lourd.

Au bout d'une demi-heure, Dark attaqua le dernier virage, suivi de près par Mamoru et Akito. Il pencha sa moto et son genou effleura la piste. Azami retint sa respiration. Dark accéléra encore et franchit le premier la ligne d'arrivée. Akito réussit à doubler Mamoru dans le dernier virage et arriva second. Azami se leva et jeta un coup d'œil à Phung. Elle ne tenait plus sur place.

— Tu peux y aller, lui lança-t-il.

— Merci !

Azami courut rejoindre Minh. Celle-ci retirait son casque et semblait bouder.

— Avant dernière, dit-elle déprimée.

— Oui mais tu as le mérite d'avoir concouru avec les meilleurs.

— J'ai encore des progrès à faire.

Elle observa Akainou qui riait avec Momoru.

— Je vais passer une mauvaise semaine à les voir se moquer de moi.

Azami se mit à rire et son amie fit mine de se vexer.

— Voilà que tu t'y mets aussi.

Azami serra son amie dans ses bras.

— Ne t'inquiète pas, je te soutiendrai.

Elle croisa le regard froid de Dark. Aucun sourire ne semblait s'afficher sur son visage. Elle frissonna. Quel épouvantable caractère !

Minh remonta la fermeture Éclair de sa veste et aida Azami à mettre son casque. Les Repentis firent démarrer leur moto. Dark s'impatientait sur la sienne.

Akito souriait, tout heureux d'avoir battu Mamoru.

— Je sais que tu as tout donné sur la piste et que la fatigue te gagne, lança-t-il à Mamoru, mais j'ai l'honneur de te proposer une revanche. Le premier arrivé au Manoir.

Mamoru enleva sa béquille et se redressa. Akainou répondit à sa place.

— Tu n'es qu'un bouffon Akito. Essaie de grimper sur ta bécane comme un grand garçon et montre-nous que tu peux refaire cet exploit.

— Je vais te prouver mes talents et ensuite je t'inviterai à montrer les tiens.

L'allusion fit rougir Akainou qui s'abstint de répondre. Elle démarra suivit d'Akito et de Mamoru.

Azami grimpa derrière Minh. Elles suivirent les garçons. Dark et Phung partirent les derniers.

Le paysage défilait à vive allure. Ils avaient emprunté une voie rapide et slalomaient entre les véhicules. Ils quittèrent ensuite cette route pour longer la côte, puis entrèrent dans un port où ils se séparèrent momentanément en deux, chaque groupe longeant un quai : les Compagnons d'un côté, les Repentis et Dark de l'autre. Ils étaient séparés par des bateaux de pêche et quelques voiliers. Le port était désert car il était déjà tard dans la nuit.

C'est alors que Phung fut violemment percuté sur le côté par un camion. Il glissa sur le sol et atterrit sur des caisses en bois qui éclatèrent sous le choc. Minh eut juste le temps d'éviter l'obstacle en faisant un écart. Akito s'arrêta brutalement et fit demi-tour dans un dérapage. Cinq motos noires surgirent d'une ruelle : des Guerriers Makkuras. Il semblait que l'un d'eux était un Prince.

Akito plongea à terre avec sa moto afin de renverser deux autres Guerriers qui furent éjectés de leurs deux roues brutalement. Il se redressa, saisit son sabre et attaqua ses ennemis qui s'étaient relevés.

Les Repentis et Dark restaient impuissants devant ce spectacle. Ils ne pouvaient franchir l'autre quai car il n'y avait pas de pont. Dark croisa le regard du prince. Il reconnut Raji, son petit frère. Dark accéléra et tenta de sauter de l'autre côté du quai quand celui-ci se rétrécit. Sa roue arrière atterrit en limite du sol mais il réussit à franchir l'obstacle. Il poursuivit Raji qui semblait vouloir s'attaquer à Minh et Azami.

Minh essayait de distancer le Prince qui les poursuivait. Soudain, elle vit un panneau signalant des travaux. Non loin, le pont qui devait rejoindre la voie rapide était coupé. Minh n'avait pas le choix : il fallait franchir l'autre côté sinon les guerriers allaient la rattraper. Elle accéléra.

Mais Azami se rendit compte que la situation était désespérée. Elles ne franchiraient pas toutes les deux cet obstacle : il manquait une dizaine de mètres au pont. Au moment où la moto quitta le sol, Azami plongea dans l'eau.

Akainou et Mamoru réussirent enfin à rejoindre l'autre quai. Les Guerriers les attaquèrent pour permettre à leur chef d'accomplir la mission qu'il s'était fixée.

Raji plongea à son tour dans l'eau, suivi de Dark. L'eau était glacée et Azami s'enfonçait. Ses yeux tentaient de voir la surface. Elle retenait sa respiration mais elle savait qu'elle ne pourrait pas tenir longtemps. Ne sachant pas nager, elle allait mourir noyée Elle vit alors arriver le Prince vers elle, un poignard dans sa main.

C'était curieux comme tout semblait s'acharner sur elle. Les Repentis, son Promis, les Princes des Ténèbres, les guerriers Makkuras. Tous souhaitaient la voir disparaître. Et elle allait mourir ce soir noyée ou égorgée. Elle ferma les yeux, sa mort approchait. Quelque chose la bouscula violemment et elle ouvrit la bouche sous le choc. L'eau entra alors dans ses poumons et elle commença à se noyer. Elle vit Dark lutter au corps à corps avec le Prince des Ténèbres. Mais une poigne solide la tira vers la surface, l'éloignant du combat auquel se livraient les deux frères.

Akito la remonta et la hissa sur le quai. Elle se mit à tousser et cracher. Ses poumons la brûlaient et elle mit un moment à reprendre son souffle. Akito s'était assis, épuisé. Mamoru les rejoignit.

— Où est Dark ? Demanda-t-il d'un ton brusque.

Akito montra l'eau du menton.

— Là ! Il s'occupe de son frère.

Mamoru était inquiet. Azami se rapprocha du bord et scruta les eaux sombres. Rien ne remuait et pourtant elle avait aperçu Dark qui luttait avec le Prince.

Minh était de l'autre côté du pont et tentait d'apercevoir un mouvement ou une forme. Mais en vain. L'inquiétude se lisait sur son visage.

Akainou arriva enfin. Elle soutenait Phung qui était blessé à l'épaule et à la jambe. Il grimaçait à chaque pas.

— Vous le voyez ? Demanda-t-elle.

— Non, répondit Mamoru sans quitter les eaux des yeux.

Ils virent alors l'eau s'éclairer puis s'assombrir. L'un des deux Princes était mort. Tout le monde retenait son souffle. Puis enfin ils aperçurent la silhouette de Dark qui refaisait surface. Dark était blessé.

Chapitre XXVII
Noutan, L'an 1335

Azami apporta un plateau à Dark. Il était alité depuis deux jours. Sa blessure sur le flanc gauche se refermait rapidement et ne lui laisserait aucune cicatrice. Mais il avait eu de la fièvre car le poignard de son frère devait être empoisonné. Azami l'avait veillé pendant les quelques heures où il avait été inconscient. Cependant, ce matin, il avait repris ses esprits et l'avait chassée de sa chambre.

Azami entra sans bruit et déposa le plateau sur une petite table à côté de son lit. Dark semblait s'être assoupi. Elle prit un pot de crème et s'approcha de lui. Dark avait les yeux fermés et une main sous sa tête. La blessure était encore visible.

— N'y pense même pas. Je t'ai dit de ne plus revenir !

Azami se redressa vivement.

— Il faut que je t'applique cette crème. Maître Lichan te l'a préparée l'autre soir. Elle te fait du bien.

Il ouvrit les yeux et la fixa.

— C'est vrai que toi tu t'y connais sur les choses qui font du bien aux autres. Et bien moi, je sais que ton contact me dégoûte. Alors abstiens-toi de me toucher à nouveau.

Azami encaissa ses méchantes paroles. Son contact le dégoûtait… Serait-elle seule à ressentir le bien-être quand leurs mains se touchaient ? Elle posa le pot de crème et croisa les mains sur sa jupe.

— Si tu fais référence au baiser, et bien, j'ai trouvé cela très agréable. Dommage que cela ne t'a pas plu.

Dark nota le changement d'attitude de la jeune fille. Ses paroles l'avaient bouleversée et elle résistait pour ne pas pleurer. Bizarrement cela le touchait aussi et le contrariait encore plus.

Azami décida de s'éloigner de lui un moment pour se ressaisir. Avant de quitter la pièce, elle ajouta avec une voix un peu tremblante :

— Demande à tes amis de t'appliquer la crème. Elle désinfecte la plaie et t'aide à cicatriser plus vite.

Elle referma la porte et s'y adossa. C'était ridicule de se rendre malade pour si peu. Elle était habituée à ses remarques cruelles. Et puis, ce n'était pas possible qu'elle soit la seule à ressentir ce bien-être quand leurs corps se touchaient. Cependant, une larme roula sur sa joue.

Dark se redressa sur son lit et grimaça. Il souleva la compresse et la jeta sur la table basse. La blessure était encore douloureuse très certainement à cause du poison. Il prit la crème dans ses mains. Maudit soit cette fille avec ses attentions quotidiennes ! Il lança avec rage le pot dans la corbeille de sa salle de bains.

Il vit le plateau-repas qu'elle lui avait apporté. Elle avait certainement cuisiné pour lui et avait même ajouté un bouquet de fleurs ! Il remarqua alors un petit mot caché sous son assiette. Il lut :

« Merci de m'avoir sauvé la vie. Je te demande pardon pour le baiser. Azami »

Dark froissa le papier et le jeta sur le plateau. Il revit Azami plonger dans l'eau alors qu'elle ne savait même pas nager. Sans hésitation, cette idiote se serait sacrifiée pour sauver son amie Minh. Son frère s'était jeté à sa poursuite et Dark avait plongé à son tour. Il n'avait alors pensé qu'à une chose : il fallait qu'il tue Raji avant qu'il n'atteigne la jeune fille. Il n'aurait jamais supporté qu'il puisse la blesser. Dark grimaça : c'était quoi cette histoire ? Pouvait-il tenir autant à la jeune fille jusqu'à lui offrir sa vie ? Il s'était précipité sur son frère parce qu'il n'avait pas eu le choix. Mais pendant qu'il se battait, elle se noyait, tout proche de lui, sans qu'il puisse y faire quelque chose. Ce sentiment d'impuissance avait été fort désagréable.

Il allait prendre une douche bien froide pour lui remettre les idées au clair. Il était devenu complètement fou. Comment avait-il pu mettre sa vie en danger ? Sa mère l'avait aussi instinctivement protégé et que lui était-il arrivé ? Elle était morte en le sauvant.

Il ouvrit le robinet et laissa couler l'eau froide sur son corps pendant longtemps. Il était évident qu'il ne pourrait fuir bien longtemps son attirance pour Azami. Il fallait maintenir la distance entre eux, et si cela devenait trop dangereux, il s'en occuperait personnellement. Quand il en ressortit, il jeta le plateau-repas que lui avait apporté la jeune fille. Il prit son sabre et observa les reflets de la lumière sur la lame. Les inscriptions brillaient et il n'oublierait plus ce qui y était gravé : Par la flamme des Ténèbres, le Grand Guerrier vaincra le Seigneur. Dark eut un sourire mauvais. L'inscription parlait de son père et son désir de vengeance mais finalement, elle s'appliquait à lui aussi. Il ouvrit la porte et se dirigea vers la salle d'entraînement. Il avait le sang qui bouillait. Il ne remarqua pas l'atmosphère qui s'était appesantie sur son sillage.

Chapitre XXVIII
Monde des Ténèbres, L'an 1335

— Je te tiens personnellement responsable de la mort de Raji, lança le Seigneur Sédah furieux.

Bula était agenouillé devant son père, un genou à terre, la tête inclinée. Cet imbécile de Raji s'était lancé dans une mission suicide sans l'avoir préalablement informé et l'avait payé de sa vie. Maintenant, il fallait endurer le courroux de son père. Il avait appris à maîtriser sa colère et sa frustration depuis des années mais c'était toujours un moment fort désagréable d'être sermonné et rabaissé comme un enfant.

— Tu n'es qu'un incapable ! Comment as-tu pu déléguer la mission que je t'avais confiée ?

Bula avait sous-estimé cette affaire. Une si petite chose que cet être mortel n'aurait jamais dû lui causer autant de soucis. Il sentit une chaleur intense s'emparer de son corps et il mit sa tête contre terre. La douleur était atroce. Il serra les dents pour ne pas hurler. Il ne lui donnerait pas cette satisfaction.

— Je devrais te tuer pour cela mais j'ai encore besoin de toi car il semblerait que tu sois un peu plus intelligent que tes frères.

Sédah tira sauvagement les cheveux de Bula. Un sourire cruel étira ses lèvres quand il toisa son fils et il ricana.

— Malheureusement tu n'arriveras jamais à la cheville de Dark !

Bula serra ses poings. La douleur allait lui éclater la tête. Il aurait voulu se révolter, arracher à jamais le sourire cynique de son père. Mais il savait que ce n'était pas encore le moment.

— Un rescapé de nos guerriers a été affirmatif. Dark a sauvé sa Promise. Enlève Azami et demande à l'échanger contre ton frère.

La douleur cessa d'un coup et Bula se laissa retomber, les mains à terre. Il n'aurait pu résister plus longtemps.

—   Je veux récupérer mon fils. Il me faut un allié puissant à mes côtés pour détrôner mon père, le Seigneur Rayan. Alors tâche de ne pas échouer cette fois-ci !

Son père se retira en laissant planer la menace au-dessus de sa tête. Bula se releva, il était furieux. Pour qui se prenait-il à le rabaisser sans cesse ? Il était plus puissant que Dark. Il avait franchi ses vingt-cinq ans depuis maintenant huit ans. Il sentait les Ténèbres plus proches. Ses pouvoirs étaient impressionnants et pourtant son père ne l'avait jamais complimenté. Il n'avait d'yeux que pour ce fils indigne.

Un jour il tiendrait sa revanche et il défierait son père. Ses pouvoirs semblaient ne plus croître, il y avait donc une limite à cette démesure. Il fallait encore un peu de patience. Alors pour l'instant, il allait trouver un moyen de capturer cette petite anguille d'Azami et ensuite il l'échangerait contre Dark. Il avait un plan.

Un sourire se dessina sur ses lèvres.

Chapitre XXIX
Noutan, L'an 1335

Azami se frotta les mains. Elle avait froid. Elle aurait dû se vêtir plus chaudement, mais voilà, Dark était si pressé de partir qu'elle avait pris la première veste qui lui tombait dans les mains.

Ce matin, elle avait appris que les Repentis et Dark partaient au grand marché de Lurgroov. C'était le plus important marché à ciel ouvert de la province. On y trouvait de tout : bibelots, meubles anciens, tableaux, vieux vêtements, bijoux mais aussi antiques véhicules, outils, tissus, instruments de musique. On y croisait aussi des voyageurs de contrées très lointaines, des saltimbanques, des voyantes en tout genre. Le marché avait un côté très moyenâgeux et cosmopolite.

Azami en avait souvent entendu parler par ses Gardiens. Elle s'était imaginé un marché comme il devait en exister autrefois. Elle rêvait de se promener à côté des étals débordant de choses curieuses et mystérieuses.

Après seulement une semaine de leur combat avec les Guerriers Makkuras, Dark avait décidé de se rendre au marché. Il était toujours d'une humeur massacrante, ce qui montrait finalement qu'il guérissait.

Quand Azami s'était presque jetée sous les roues du véhicule tout-terrain de Mamoru, manquant de peu l'écraser, celui-ci avait pesté, puis il lui avait ouvert la portière. Azami s'était glissée sur le siège arrière, à côté d'une Akainou excédée. Dark qui était installé sur le siège passager n'avait pas ouvert la bouche, signe qu'il ne devait pas être tout à fait contre cette petite intrusion. Azami avait souri gentiment à sa compagne de route mais celle-ci lui avait tourné la tête pour tout le trajet.

Voilà comment elle s'était retrouvée devant les étals du plus ancien et célèbre marché de Lurgroov, accompagnée des

145

Repentis et de Dark. Il y avait un monde incroyable. Le marché était un festival de couleurs, les gens fourmillaient. Azami emboîta le pas de ses camarades : il n'était pas question de les perdre. Elle aurait voulu attraper la main de Dark, mais il ne fallait pas pousser sa bonté trop loin !

Azami s'extasiait devant les marchandises. Elle était curieuse de connaître la provenance de ce vase en porcelaine aux formes torsadées ou de ce fin bracelet en poils de grizzli. Mais ses compagnons ne semblaient s'intéresser à rien. Ils passaient devant tant de trésors sans prendre la peine de jeter un coup d'œil.

Finalement, ils finirent par s'arrêter devant une tente bariolée, vétuste et sans vraiment aucun intérêt. Azami était déçue. Dark entra et elle décida de le suivre, mais Mamoru l'attrapa par le bras.

— Reste là !

Le ton n'admettait aucune contradiction. Azami décida alors de s'éloigner un peu et se rapprocha d'une vieille dame assise devant un tapis avec d'étranges pendentifs. L'un d'eux attira son regard : il avait une seule pierre mais sa couleur violette rappelait celle de la Sorcière Sans Nom. Elle s'accroupit et toucha la pierre. La vieille dame saisit son poignet avec une rapidité incroyable.

— Celle-ci n'est pas à vendre ! Dit-elle d'une voix d'outre-tombe.

Terrifiée, Azami recula mais la vieille femme lui tenait fermement le poignet et la tira vers elle.

— S'il vous plaît, lâchez-moi !

La vieille femme lui ouvrit la main et examina la paume de sa main droite.

— Une Promise ! À n'en pas douter, celle du Prince qui leur a échappé.

Azami cessa de se débattre.

— Qui êtes-vous ? Demanda Azami soudainement curieuse de savoir l'identité de cet étrange personnage.

— Pourquoi ne vous êtes-vous pas enfuie ?

— Pourquoi devrais-je fuir ?

— Il est trop tard maintenant.

— Trop tard pour quoi ?

Elle se sentit brutalement arrachée à la vieille femme. Mamoru venait de la tirer en arrière et la tenait dans ses bras. Azami tentait de se débattre mais Mamoru l'éloignait déjà. La vieille femme rangea les pendentifs dans une boîte en bois et se releva avec peine.

Azami cria alors que Mamoru l'entraînait plus loin :

— S'il vous plaît ! Trop tard pour quoi ?

Mais la vieille femme disparaissait dans la foule sans lui répondre. Mamoru la repoussa contre une motte de paille et elle tomba sur ses fesses.

— Pas moyen de te laisser cinq minutes sans te faire remarquer par une Voyeuse !

— Une Voyeuse ? Qu'est-ce que c'est ?

Mamoru était excédé devant tant d'ignorance.

— Outre leur passe-temps favori pour prédire l'avenir, les Voyeuses rapportent certaines informations à leur maître : le Sorcier Moyo. Et toi, tu lui offres ta main pour qu'elle y jette un coup d'œil !

La jeune fille était en colère et parlait très vite :

— Elle a dit que c'était trop tard. Mais j'aurais peut-être su de quoi elle parlait si tu n'étais intervenu !

Mamoru ne se laissa pas démonter devant l'attitude d'Azami et rétorqua sur le même ton :

— Ou alors, elle t'aurait hypnotisée avec sa jolie pierre violette pour t'amener sagement au Sorcier !

Azami s'exclama horrifiée et tenta de se justifier :

— La pierre avait la même couleur que celle de la Sorcière Sans Nom.

— La pierre de ta Sorcière est particulière et ne se trouve que dans le Monde des Origines. À ma connaissance, il n'en existe pas d'autres à Noutan.

Azami baissa la tête, un peu honteuse.

— Je suis désolée.

Dark sortit à ce moment et les rejoignit. Azami remarqua alors la disparition d'Akainou.

— Il m'attend au Grand Hibou.

— Dark, ce n'est pas un endroit sûr. Tu connais Moggia, il n'est pas loyal, l'avertit Mamoru inquiet.

Dark posa la main sur son épaule. Il semblait qu'il voulait lui dire quelque chose puis il se ravisa. Il s'aperçut qu'Azami était assise sur une motte de paille. Elle était vexée et boudait comme une enfant.

— Elle a encore fourré son nez partout ? Demanda-t-il à Mamoru.

— Tu la connais ! C'est sa nature. Impossible de l'écarter des ennuis.

Dark s'accroupit devant elle.

— Tu ne peux pas t'en empêcher.

C'était plus une constatation qu'une question.

— Comment une si petite chose peut poser autant de problèmes ?

Azami s'empourpra et tenta de s'expliquer.

— Je ne savais pas que c'était une Voyeuse. Je ne savais même pas que ça existait !

Dark pencha la tête. À quoi pensait-il ? Il repoussa doucement le front de la jeune fille avec son doigt.

— Reste sage et ne commets plus d'imprudence.

Dark se releva et se tourna vers Mamoru. Était-ce un avertissement ou craignait-il qu'elle ne mette sa vie en danger ?

— Partons. Il faut y être dans moins d'une heure.

— Akainou se tient prête sur le parking.

— Alors, allons-y.

148

Azami se releva à son tour et épousseta son pantalon. Où se rendaient-ils ? Qu'est-ce que le Grand Hibou ? Qui devaient-ils rencontrer ? Azami les suivit la tête pleine de questions.

Ils retrouvèrent le véhicule qui obstruait presque l'entrée. Akainou était au volant et attendait en ignorant les gens furieux qui se bousculaient pour entrer au marché. Elle s'amusait à faire tourner un pendentif autour de son doigt. Et ce n'est qu'en entrant dans la voiture qu'Azami s'aperçut que c'était le pendentif de la vieille femme. Elle s'assit soudainement grave. Qu'était-il arrivé à la Voyeuse ?

Akainou se retourna avec un grand sourire et lui lança le pendentif :

—   Tiens, cadeau !

Azami déglutit avec peine. La vieille dame avait certainement trépassé.

Chapitre XXX
Noutan, L'an 1335

Le Grand Hibou se trouvait dans une vieille ruelle de la ville. C'était un bar qui accueillait une clientèle très étrange et qu'il ne fallait pas trop côtoyer. Azami suivait Dark de près. Quelques personnes les observaient. On ne savait s'ils étaient curieux ou malveillants. Azami devinait quelques formes dans un recoin particulièrement sombre mais sans pouvoir distinguer grand-chose.

Que cherchait Dark dans un endroit pareil ? Azami frissonna. L'atmosphère était lourde et malsaine. Un homme reposa bruyamment sa chope sur la table et s'essuya ses lèvres du revers de sa manche. Il fixait Azami, la détaillant sans aucune retenue. Un autre s'était relevé en faisant tomber sa chaise et menaçait son camarade avec un grand couteau de cuisine. La jeune fille attrapa le bras de Dark. Peu lui importaient les remarques du jeune homme, elle avait besoin de le sentir auprès d'elle. Dark se raidit mais continua à traverser le bar de sa démarche assurée. Il se dirigea à l'étage.

Akainou était restée postée à l'extérieur du bar, guettant le moindre signe qui trahirait l'arrivée des Guerriers ou l'un de leurs maîtres. Mamoru se tenait debout dans la grande salle, son sabre à portée de main, prêt à intervenir. Azami avait suivi Dark n'ayant nulle envie de rester devant un public qu'elle percevait hostile.

Dark s'arrêta devant une porte et l'ouvrit, sans préalablement taper. En pénétrant dans la chambre, Azami aperçut un jeune homme de haute stature, élancé et qui portait des vêtements soignés. Lorsqu'il se retourna, Azami fut frappée par la ressemblance avec Dark. Elle avait devant ses yeux un Prince des Ténèbres. Un large tatouage courait le long de son visage et de son cou. Elle vit son expression s'altérer un instant puis les deux frères se dévisagèrent. Chacun d'eux resta à bonne distance de l'autre, ne sachant quelle serait la réaction de l'autre. Après ce qui sembla être une éternité, le jeune homme s'avança et se posta devant Dark. Il avait le même regard fier et sombre. Ses traits étaient légèrement plus fins que ceux de Dark, mais un même feu courait dans leurs veines.

— La situation est critique depuis que tu es parti. Père est pressé de te retrouver et de faire alliance avec toi.

Azami retint son souffle. Dark était venu pour rencontrer un de ses frères, sans en avoir discuté préalablement avec le Maître.

Dark eut un sourire moqueur.

— Je suis venu parce que je suis curieux de savoir si tu seras le prochain sur ma liste des exécutions, répliqua Dark d'un ton qui n'augurait rien de bon.

— Je n'ai pas changé ma position. Tu peux me faire confiance.

— Alors ne me parle pas de mon soi-disant père.

— Il envoie Bula en personne chercher ta promise.

Azami se cacha derrière Dark, comme une enfant apeurée.

— Es-tu venu la prendre toi-même ?

Son frère se mit en colère.

— Je me tue à te dire que je suis à tes côtés !

— Tu étais au courant pour ma mère et tu ne m'as pas averti Jumo.

— Je n'avais pas le choix et tu le sais. Qu'aurait-il fait à la mienne, Dark ? Comment pouvais-je intervenir alors qu'il la détient prisonnière dans les Cachots de l'Ombre ?

Il y eut un silence puis Jumo poursuivit.

— Bula bascule à son tour. Je ne suis pas dans la confidence mais je le suspecte de vouloir s'en prendre à Père. Récemment, il a été sermonné à cause de la mort de Raji. Je sais qu'il a contacté Magil et tu sais aussi bien que moi, que

Magil est très proche de Moyo. Quelque chose se trame dans les Ténèbres. Je te mets en garde.

—   Pourquoi t'es-tu manifesté aujourd'hui ?

—   Tu ne me crois pas quand je te dis que je suis avec toi ?

Dark ricana :

—   Permets-moi d'en douter.

Jumo s'avança encore, il semblait déçu et triste.

—   Et quand bien même je suis envoyé par père pour te ramener, je te mets en garde. Elle court un grand danger.

Il montra Azami du doigt. Dark se tourna vers la jeune fille, elle était effrayée. Il n'aurait jamais dû accepter qu'elle vienne. Elle était un poids qu'il ne voulait pas porter. Pourquoi diable avait-il cédé encore une fois ?

—   Elle ne survivra pas entre les mains de Père. Et puis, tu sais ce qu'il réserve aux femmes quand il les garde vivantes…

Jumo prit le bras de son frère, il y avait de la tendresse dans sa voix.

—   Se lier est merveilleux Dark. Lie-toi et échappe-lui. Trouve un endroit où tu pourras vivre une belle vie avec de beaux enfants.

Dark retira sa main brusquement et répondit avec cynisme :

—   Et vivre comme un lâche, après ce qu'il a fait à ma mère. Non, il va payer pour ça.

—   Tu ne pourras pas libérer ton pouvoir sans basculer. C'est impossible et c'est de la folie !

Les deux frères se mesurèrent du regard. Dark rompit le silence.

—   Dis-lui que lorsque nous nous rencontrerons, l'un de nous mourra. Et je n'ai pas l'intention de le laisser me vaincre.

Tout était dit. Jumo baissa le regard et franchit la porte d'un pas lourd. Il ajouta sans se retourner.

—   Prends bien soin d'elle et ne te mets pas en danger. Bula te hait et n'attend qu'un faux pas de ta part.

Jumo disparut dans l'ombre du couloir. Azami fixait Dark inquiète. Qu'allait-il arriver ? Et qu'avait voulu dire la Voyeuse ? Était-ce déjà trop tard pour sauver Dark, tuer son père et sauver Noutan ?

Dark se retourna, la mine sombre.

— Rentrons.

Chapitre 31
Monde des Ténèbres, L'an 1335

Le regard de Bula s'était perdu dans les vastes plaines rougeâtres qui s'étendaient aux pieds du Palais des Ténèbres. Une nature morte, figée et qui ne connaîtrait jamais la vie. De la terre et des cailloux à perte de vue, comme un océan de sang. Toutes les tentatives pour planter ne serait-ce la moindre brindille, avaient échoué. Une terre hostile, sans avenir et qui pourtant était sienne. Son père avait construit ce palais grandiose, avait peuplé ses murs de Guerriers et avait fondé une famille. Une famille princière née de la magie d'une Vierge et d'un Sorcier puissant.

La Vierge avait été amenée du Monde des Origines. Elle avait rendu immortelles les compagnes de son père et grâce à une potion dont seul le Sorcier Moyo avait la recette, Sédah devint fertile. Un père qui n'aurait jamais dû donner de descendance puisque sa Promise était morte.

Sédah avait voulu se créer une descendance de guerriers, capables de l'aider dans sa quête de vengeance. Le pouvoir l'avait rendu fou et ses enfants n'étaient que des pions sur un échiquier. La seule pièce importante dans son jeu était son fils Dark. Pourquoi son père lui avait-il attaché autant d'importance ? Dark était certes très doué dans le maniement de son arme et dans ses techniques de combat. Mais Bula avait également sa puissance, sa dextérité. Il était intelligent et fin stratège. Bula ne s'expliquait pas cet amour pour un fils qui l'avait trahi. Un sentiment de vide l'envahit soudain. L'amour ? Non ce devait être autre chose. De l'admiration ?

Bula posa une main sur la vitre de la fenêtre. Il se concentra et de la glace se forma autour de ses doigts. Il maîtrisait de mieux en mieux la glace. Ses pouvoirs étaient considérables mais il se gardait bien d'en faire étalage. Il y a bien longtemps qu'il avait compris que son père n'avait de fierté que pour les pitreries de son fils chéri. Le seul qu'il considérait assez intelligent pour le seconder.

Il se retourna car il avait senti son frère. À force de vivre cloîtré avec ce Sorcier Moyo, Magil se déplaçait comme lui : ses pas ne faisaient pas de bruit comme s'il ne touchait pas le sol. Il sourit en l'imaginant voler.

Son regard se porta sur une petite boîte qu'il tenait dans ses mains, comme le plus précieux de ses trésors.

— Te voir sourire ainsi me donne la sensation que tu n'as pas vraiment basculé dans les Ténèbres, lança Magil.

Magil était son cadet de deux ans. Il était plus petit que ses frères, et un peu trapu. Magil ne devait pas beaucoup s'entraîner au combat maintenant. Il préférait s'amuser avec ce fourbe de Moyo dans son atelier de Sorcier. Là il devait essayer des formules magiques pour compenser sa fainéantise à combattre. Pourtant, autrefois, il était aussi un guerrier redoutable. Bula se demandait s'il n'essayait pas de briller à sa façon.

Magil s'avança vers lui et lui remit la boîte.

— Voici mon frère ce que tu m'as commandé. Moyo te certifie que la potion est efficace sur les Princes.

— Je n'en doute pas.

Bula ouvrit la boîte délicatement. Dans un écrin, il y avait une petite fiole contenant un liquide légèrement coloré de bleu. Il referma le couvercle. Il était satisfait.

— Bien. La deuxième étape du plan peut commencer.

Magil sourit à son tour. Enfin les choses allaient bouger !

Chapitre 32
Noutan, L'an 1335

Azami relut à voix haute la dernière ligne de la page du livre qui contenait la localisation des Pierres et des Portes :
« *La gargouille avala la Pierre et déploya ses ailes. La bête s'envola et reprit place sur l'édifice qui lui était assigné.* »
Azami jeta un coup d'œil à Phung.

—   Comment une gargouille peut-elle voler ?

—   Moyo lui a très certainement jeté un sort, tenta-t-il d'expliquer.

—   Ce Sorcier a des ressources incroyables pour cacher les Pierres. J'imagine un cerveau torturé et en constante ébullition !

Phung se rapprocha de la jeune fille et posa un doigt sur le croquis à l'endroit où se trouvait la Porte.

—   Ce coup-ci, il a mis les bouchées doubles.

Le croquis montrait une cavité sur le versant d'une vallée encaissée. Une Porte difficilement accessible et qui serait dangereuse à approcher. À une centaine de mètres en contrebas, coulait le puissant fleuve Viouda. Tout autour, la nature était sauvage et difficile d'accès.

—   Comment ne s'est-il pas rompu le cou ? Demanda Azami.

Phung prit une loupe et examina le croquis de plus près.

—   Il semblerait qu'il y ait un escalier en pierre. Regarde !

Azami se pencha à son tour. Effectivement, un escalier s'accrochait désespérément à la paroi rocheuse. Les hommes avaient été dangereusement téméraires pour construire un escalier sur cette paroi abrupte ou alors complètement assujettis au Sorcier Moyo.

—   Comment allons-nous faire si nous devons combattre les Guerriers ? Demanda Azami inquiète.

157

— Il va nous falloir soigner notre entrée en scène, faute de quoi nous allons finir une centaine de mètres plus bas !

— Et bien je te charge d'annoncer à nos camarades que nous avons du boulot.

Phung se redressa et se gratta le menton. Cela n'allait pas être une partie de plaisir.

L'édifice funéraire était sinistre. Des gargouilles, il y en avait partout. Leurs hideuses faces ouvraient leur gueule comme pour hurler aux passants. Elles protégeaient jalousement ce lieu de paix et de recueillement. Il y en avait cependant une qui détenait une Pierre au fond de son gosier. Il fallait la trouver et la tâche n'était pas aisée puisque pour l'instant, aucune d'elles ne bougeait.

— Le Maître a dit qu'elle se nourrissait, rappela Minh avec optimisme. Alors soyons patients, elle va bien finir par se manifester.

— J'espère seulement que son alimentation est à base de gros rats ! Railla Akainou.

— Soit positive pour une fois, répliqua Akito. Le pauvre Mamoru est en train de paniquer.

Mamoru lui décocha un regard noir. Les hostilités avaient commencé.

— Montons sur le toit ! Lança Dark, ignorant les railleries.

Phung donna un coup d'épaule dans la porte d'entrée mais celle-ci ne broncha pas. Akainou se mit à rire en se moquant :

— Allons Phung ! Tu as le droit de pleurer si tu t'es fait mal !

Phung ignora le sarcasme et recommença. Cette fois, les gonds explosèrent et la porte tomba violemment. Phung fut projeté à l'intérieur du bâtiment funéraire et manqua de peu de s'étaler par terre. Mamoru enjamba les débris et passa devant Phung en lançant :

— Repose-toi mon vieux. Tu as dû te démettre l'épaule.

Phung voulut riposter mais Minh intervint.

— Laisse tomber. Il est jaloux.

Phung haussa les épaules et suivit le groupe qui était entré dans le bâtiment.

— Et bien le ménage n'a pas été fait depuis longtemps ! S'exclama Azami en constatant la quantité de poussières qui s'était accumulée sur le sol.

— Normal. Akito était en vacances.

— Je me marre, Akainou ! Tu ne peux pas m'oublier un peu ?

Minh se frotta le crâne. C'était exaspérant de les voir sans cesse se chamailler. À chaque fois qu'ils étaient réunis, ils ne pouvaient s'empêcher de se chercher.

Elle examina les murs de pierres. Il y avait des milliers de niches en mauvais état de conservation, qui cachaient des urnes funéraires très anciennes. Ce lieu n'était plus visité, les morts avaient été oubliés depuis des décennies.

Le petit groupe monta un escalier en colimaçon très étroit, puis il longea un long couloir qui faisait le tour de l'édifice. Ils trouvèrent une porte en chêne et Dark cassa le gros cadenas qui la gardait fermée. Ils accédèrent aux toits.

Azami en avait le vertige. Les toits étaient pointus et de hauteurs variables. Les ardoises étaient abîmées et certaines avaient disparu, emportées par les vents. Dark passa sur le rebord du bâtiment, suivi de Mamoru et d'Akito, pour examiner les gargouilles. Chacune avait une physionomie différente. Certaines avaient des têtes d'animaux, d'autres de monstres. Mais toutes étaient en pierre et figée dans des grimaces inquiétantes, destinées à éloigner les forces du Mal. Aucune ne paraissait vivante. Elles étaient de simples statues de pierre, accrochées depuis des siècles à leur promontoire, crachant l'eau des pluies de leur gueule béante.

Akainou préféra grimper plus haut sur les toits et scruter l'ensemble de l'édifice. Elle avait une vue dominante et espérait apercevoir la bête.

Phung et Minh restèrent près d'Azami dans l'éventualité d'une attaque. Chacun tendait l'oreille dans l'espoir d'entendre arriver la gargouille.

Après avoir tout inspecté, les Compagnons en conclurent que la gargouille était certainement partie chasser. Ils s'installèrent alors confortablement, chacun évitant le regard de l'autre afin de ne pas envenimer la situation, qui était très tendue. Ce ne fut qu'un bon moment après que les Compagnons entendirent un long cri strident. Ils se redressèrent et tentèrent de localiser le bruit. Une gargouille volante émergea alors en contrebas du bâtiment et remonta en flèche. Elle rasa de près Akainou qui lâcha prise et glissa le long de la toiture pour atterrir aux pieds de Phung. Phung lui décocha un sourire moqueur. Akainou se remit debout et se frotta le derrière, vexée de s'être laissé surprendre. Azami et Minh coururent se mettre à l'abri dans le bâtiment.

La bête revint et piqua droit sur Mamoru. Celui-ci esquiva la gueule de la gargouille mais ne put éviter ses griffes qui lui entaillèrent le bras.

— Apparemment, elle déteste aussi les Repentis, lança Akito moqueur. Je trouve qu'elle a bon goût.

— Essaye donc de lui couper les ailes au lieu de faire de l'humour, répliqua Akainou qui l'avait rejoint.

La gargouille prit son envol et piqua droit sur les Compagnons, qui l'évitèrent de justesse. Puis elle se posa sur son socle, les ailes grandes ouvertes, menaçantes.

Elle était hideuse, la plus moche de toutes. Ses yeux démesurés restaient ouverts, en l'absence de paupières. Sa gueule grande ouverte révélait des dents pointues et coupantes. Elle était dotée d'une paire d'ailes larges semblables à celles des chauves-souris. Ses deux pattes étaient munies de griffes crochues qui pouvaient déchirer la chaire. Sur son crâne, deux petites cornes lui donnaient un air terrifiant.

Les Compagnons sortirent leurs armes, prêts à la combattre. Mais soudain, l'édifice funéraire trembla de le base jusqu'au sommet. Pressentant un danger, Akito plaqua Akainou contre un mur. Ils eurent juste le temps d'éviter la menace : le sol sembla se déchirer et vola en éclat à leurs pieds. Puis la fissure se fraya un chemin en zigzaguant sur le toit à une vitesse extraordinaire et continua jusqu'au socle en pierre où s'était assise la gargouille.

— Qu'est-ce encore ce sortilège ? Demanda Akito avec colère car il avait bien failli être blessé.

Dark avait fermé les yeux pour se concentrer. Un brouillard noir s'échappait de son être et emplissait tout l'espace environnant. Akinou en eut la chair de poule et fut bien contente d'être protégée par le corps d'Akito. La gargouille hurla et se figea. Dark ouvrit les yeux, l'air satisfait. La gargouilla n'était qu'une statue de cendre. Il s'approcha et effleura la bête : elle se désagrégea et laissa apparaître la Pierre.

Il y eut un grand silence, chacun essayant de comprendre ce qui s'était passé. Dark avait acquis des pouvoirs incroyables. Les Compagnons restèrent médusés devant tant de dégâts.

Azami sortit de sa cachette et observa la scène de combat, ou du moins ce qu'il en restait. Le concierge du cimetière n'allait pas aimer ce qu'ils avaient fait à son édifice funéraire très ancien. Elle ramassa la Pierre et la mit dans un petit sac en tissu qu'elle portait accroché autour de son cou. Enfin, l'important était qu'ils avaient réussi leur mission.

Akainou reprit ses esprits et repoussa sèchement Akito. Leurs deux corps s'étaient touchés et elle ne voulait pas qu'il sache qu'elle avait apprécié son geste de protection. Elle serait morte de honte.

— N'essaie pas de profiter de la situation Akito. Retire tes pattes ! Lança-t-elle avec un peu trop de force.

Akito sourit et se pencha vers elle.

— Je suis certain que ça t'a plu, répliqua Akito avec conviction.

Akainou rougit violemment. Comment pouvait-elle être attirée par un vaniteux comme lui !

— Allons, soit sincère ! Ton corps s'est embrasé.

La jeune femme lui envoya un coup de genou dans l'estomac. Akito se plia de douleur.

— En ce qui te concerne, il n'y a que de cette façon que je m'embrase.

Elle partit de sa démarche de panthère sous le regard furibond d'Akito. Mamoru sourit : ces deux-là allaient finir par s'aimer ou par s'entre-tuer.

Chapitre 33
Noutan, L'an 1335

Azami n'arrivait pas à dormir. La mission de demain serait dangereuse et elle était nerveuse. Les versants de la vallée étaient abrupts et la porte peu accessible. Elle savait que ses Compagnons auraient du mal à se tenir à côté d'elle pour la protéger et il était certain que la Porte serait bien défendue.

Elle traversa la cour intérieure du Manoir et se dirigea vers le jardin qu'elle avait ménagé avec Doun Doun. Les arbres avaient été taillés, les arbustes avaient pris des formes plus attirantes et quelques fleurs de l'automne avaient éclos. Elle avait nettoyé les bancs de pierre et les trois bassins à poissons. L'ensemble était maintenant agréable à regarder et l'on s'y sentait bien.

Elle s'assit sur le rebord d'un des bassins et tenta d'apercevoir dans la nuit noire les formes des poissons qui paressaient dans l'eau. Elle en aperçut un et elle agita l'eau avec ses doigts. L'animal se cacha dans les racines des plantes aquatiques. Elle s'agenouilla et scruta le fonds avec attention. Elle cherchait le joli poisson qu'elle avait introduit dans ce bassin. Il ne devait pas être trop difficile à trouver compte tenu de ses couleurs très vives. Elle alluma la torche électrique et poursuivit son observation. Elle le trouva près d'un iris et lui donna quelques insectes qu'elle venait d'attraper.

— Il ne mange pas la nuit.

Azami sursauta et poussa un cri. Elle fit tomber sa torche et l'aurait certainement suivie si l'intrus ne l'avait pas rattrapée. Dark la retenait par la taille. Ils étaient si proches qu'elle pouvait entendre les battements de son cœur. Ils s'observèrent un moment en silence, trop surpris de se retrouver ainsi blottis l'un contre l'autre. Les picotements de leurs paumes laissèrent bientôt la place à une chaleur agréable qui pénétra leurs deux corps. Dark rapprocha ses lèvres des siennes jusqu'à ce qu'elles se frôlent. Azami retenait sa respiration. Elle n'osait parler de peur d'interrompre ce moment magique où leurs deux corps se touchaient enfin. Elle ne pouvait détacher ses yeux des siens. Elle se perdait dans les profondeurs de son regard vert. Ses pupilles fendues semblaient la découvrir pour la première fois. Et puis leurs lèvres se rencontrèrent. Le baiser était tendre et timide, comme une caresse. Son corps s'électrisa et elle sentit courir un courant dans ses veines. Ressentait-il la magie de ce baiser ? La douceur de ce moment privilégié ?

Dark se détacha de ses lèvres. Ses traits s'étaient soudainement durcis et il la repoussa. Elle se retint sur les bords du bassin et son cœur se serra.

— Va-t'en ! Lança-t-il avec froideur.
— Dark, nous en avions envie tous les deux.
— Je te demande de t'en aller.
Sa voix était maintenant basse et menaçante.
— Pourquoi ne pourrait-on pas se lier ? Nous sommes Promis, nous avons le droit de nous aimer.

Il fallait qu'elle tente ce soir de le raisonner. Le baiser avait été merveilleux. Pourquoi devait-il toujours la rejeter ? Elle avait tellement envie de se blottir dans ses bras, de le caresser.

Il redoubla de colère et l'attrapa par les bras. Ses doigts s'enfoncèrent dans sa peau et elle gémit. Conscient qu'il l'avait blessée, il la repoussa violemment et elle tomba par terre. Il ne pouvait plus se contrôler. Il fallait qu'elle s'en aille avant qu'il ne la blesse grièvement. Il s'avança vers elle pour la relever mais Azami se protégea le visage, pensant qu'il voulait la frapper. Dark arrêta son geste et se redressa.

— Rentre te coucher.

Une aura malsaine se dégageait de tout son corps. Son humeur faisait monter son côté sombre. Azami se releva. Des larmes roulèrent sur ses joues et elle s'empressa de les essuyer.

Elle se mit alors à courir en direction du Manoir, fuyant la colère de Dark.

Dark tenta de se calmer. Il avait blessé la jeune fille : moralement et physiquement. Il l'avait serrée si fort qu'elle devait avoir la trace de ses doigts sur ses bras. Il se sentait étrangement mal à l'aise.

Il passa un doigt sur ses lèvres. Le baiser était doux et il était furieux parce qu'il fallait bien se l'avouer, cela lui avait plu. Il réussit enfin à se maîtriser et l'atmosphère devint moins pesante. Il s'était laissé attendrir et pourtant combien de fois s'était-il répété que s'attacher à quelqu'un, c'était mourir ? Sa mère l'avait payé de sa vie. Elle l'avait sauvé des griffes de son père, elle l'avait conduit dans la sombre forêt et elle était morte pour le sauver.

Dark avait trop de responsabilités. Il avait un Seigneur des Ténèbres à éliminer. Il ne pouvait pas se permettre d'aimer, de s'attacher à quelqu'un. Il avait fait la promesse à sa défunte mère qu'il la vengerait et il n'avait qu'une parole.

Il se détourna et remarqua le ruban violet qu'Azami avait noué à ses cheveux. Il le ramassa. Il avait le même toucher que la peau de la jeune fille : doux et si fragile entre ses mains. Le ruban se noircit et se désagrégea. Les cendres furent emportées par le vent, un vent qu'il avait matérialisé pour éloigner à jamais le souvenir de leur baiser.

Chapitre 34
Noutan, L'an 1335

Minh remit à Azami un petit poignard.

— N'hésite pas à t'en servir si tu te sens menacée.

Azami acquiesça inquiète.

— N'oublie pas. Nous avons très peu de temps.

Elle ne le savait que trop bien ! Les Compagnons avaient répété des dizaines de fois le déroulement des opérations. Chacun savait ce qu'il avait à faire et il ne fallait en aucun cas prendre du retard.

Minh et Azami se mirent à courir jusqu'aux escaliers. Les Compagnons venaient de se lancer dans le vide en rappel. Ils atterrirent brutalement sur les Guerriers Makkuras. Dark coupa sa corde et commença à combattre.

Akito se déplaçait avec célérité le long de la paroi rocheuse. Ses pieds couraient à l'horizontale, pendant que son sabre tranchait ses ennemis. Quelquefois, Akainou passait au-dessus de lui. Dans la bataille, ils étaient toujours complices, se protégeant mutuellement.

Phung et Mamoru s'occupaient de l'entrée de la Porte. Les guerriers affluaient en nombre, cependant ils étaient aussi entravés par l'étroitesse de la marge de manœuvre, si bien qu'ils étaient en file indienne.

Minh se fraya un chemin en décapitant un guerrier qui avait échappé à Dark. Elle fonça en direction de la Porte suivie d'Azami. Celle-ci tenait la Pierre dans sa main. Il ne fallait pas regarder dans le vide. Courir, ne pas trébucher, suivre la cadence de Minh. Mais Azami ne pouvait s'empêcher de tourner son regard vers le vide à chaque fois qu'elle entendait le cri d'un Guerrier qui chutait. Son estomac était noué par la peur, et pourtant ses jambes continuaient d'avancer sans trembler.

Elle voyait ses Compagnons combattre, elle sentait leur courage. Elle devinait l'obstination de ces Guerriers qui étaient autrefois des habitants de Noutan. Ils étaient aujourd'hui leurs ennemis, soumis à un Seigneur des Ténèbres qui se servait d'eux pour les anéantir, en échange de l'Immortalité. Et quelle Immortalité quand on sait qu'elle pouvait leur être ôtée facilement au tranchant d'une lame ! Ces Guerriers étaient pathétiques avec leurs armes. Elle était triste pour leur vie misérable et finalement condamnée.

Minh plaqua Azami contre la paroi et son sabre heurta violemment celle d'un Guerrier au regard menaçant. Elle tenta de le repousser mais il était plus fort. Azami se sentait bien inutile. Dark vint les aider et il le fit tomber en se jetant sur lui pied en avant. Son sabre entailla largement sa poitrine et la lame continua son ascension au-dessus de sa tête. Les inscriptions de son sabre captèrent la lumière du jour en scintillant. Le Guerrier hurla de douleur en crachant du sang. La lame mortelle de Dark continuait à le ronger après son passage. Les sabres des Princes étaient forgés par le Sorcier Moyo et ils étaient mortels pour des Guerriers. Le poison qui avait été mélangé au métal quand ils furent forgés rongeait le corps en d'atroces souffrances.

Le Guerrier succomba rapidement à ses blessures. Minh reprit sa course. Azami lui emboîta le pas et croisa le regard de Dark. Elle voulait lui dire combien il était beau ainsi, combien elle… Oui combien elle l'aimait. Tout son corps vibrait quand il était proche d'elle. Elle était attirée par tout son être. Comment lui dire combien il comptait pour elle ? Il n'était plus une mission mais une nécessité pour respirer, se mouvoir, vivre.

Dark se détourna et s'occupa de quelques Guerriers qui tentaient de leur barrer le chemin. Azami accéléra de plus belle, la Porte était en vue.

Minh repoussa la Porte et Azami leva le bras pour placer la Pierre dans son logement. Elle y était presque. Mais le Porte s'ouvrit d'un coup en propulsant Minh dans le vide. Azami hurla et se précipita pour attraper son amie. Mais trop tard, Minh tomba et les mains d'Azami se refermèrent sur le vide.

Un bras robuste lui encercla la taille et Azami se débattit. Les larmes lui voilaient les yeux. La douleur d'avoir perdu son amie lui déchirait la poitrine. Elle sortit le poignard de sa ceinture et tenta de le planter dans le bras de son ennemi. Mais celui-ci le lui arracha et le jeta.

Elle tourna son visage vers celui qui l'avait saisi : un Prince des Ténèbres, terrible, à la bouche cruelle. Elle tenta de se dégager mais il la maintenait fortement contre lui. Il franchit la Porte. Elle vit un autre Prince, un peu robuste, se saisir de la Pierre. Il les rejoignit et l'inséra dans son logement. La Porte disparut.

Passé la surprise et la douleur, l'angoisse prit possession de tout le corps de la jeune fille. Elle était du mauvais côté de la Porte, dans le monde des Ténèbres en compagnie de Princes effrayants et sans pitié qui l'avaient enlevée.

— Tu te demandes comment j'ai bien pu saisir la Pierre alors que je suis Immortel ? Demanda le Prince robuste en se moquant.

Il s'approcha et lui saisit le menton fermement.

— Je suis Sorcier.

Azami sentit une violente douleur lui irradier la tête. Elle gémit. La douleur était insupportable. Elle finit par s'affaisser contre son ennemi. Elle avait perdu connaissance.

— Je l'imaginais plus grande et plus forte.

— Méfie-toi de cette petite créature, Magil. Elle est responsable de la chute de Raji et du courroux de notre père.

Magil l'observa de plus près. Elle était trop mince à son goût mais elle dégageait une grande bonté. Il l'imaginait bienveillante et généreuse.

— Je pense que cet imbécile de Dark a pu développer quelques intérêts pour elle.

Il déplaça une de ses mèches et effleura de ses doigts son visage délicat et pâle. Dark avait finalement décidé de la garder près de lui. C'était vraiment un hypocrite. Ce misérable clamait haut et fort qu'il voulait tuer son père et il s'encombrait d'une chose inutile qui allait le mettre dans l'embarras. Finalement il n'avait rien retenu du passé.

— Mon frère, la fin est proche ! Cette petite arrive à point nommé.

Bula prit la jeune fille dans ses bras.

— Rentrons. Il est temps d'engager les négociations avec nos ennemis.

Akito dévala le versant, suivi de ses compagnons. Ils trouvèrent Minh dans une mare de sang. Le choc avait été rude. Akito la retourna délicatement. Minh ne pouvait mourir d'une chute mais les conséquences pouvaient parfois être terribles. Il refoula les mauvaises pensées et tenta de se concentrer sur ses gestes pour ne pas faire souffrir davantage son amie.

— Ramenons-la au Maître. Il saura quoi faire, lança Phung.

Akito acquiesça tristement. La Porte avait été détruite mais son amie était grièvement blessée et Azami avait été enlevée. Tous les espoirs pour l'avenir venaient de se volatiliser. Il jeta un coup d'œil à Dark resté accroupi près de l'endroit où avait disparu la Porte. Regrettait-il de ne pas s'être lié ? Que ressentait-il ? Tout s'était passé si vite !

Dark semblait absent. Il restait perché au-dessus du vide, le regard perdu à l'horizon, une expression indéchiffrable sur son visage.

Chapitre 35
Noutan, L'an 1335

L'enfant trébucha sur une pierre et tomba par terre. La jeune femme rebroussa chemin et releva le jeune garçon. Il récupéra son sabre et ils se remirent à courir. Il sentait bien qu'il était un poids pour la jeune femme alors il accéléra car ils devaient fuir au plus vite. Les Guerriers étaient proches. Il le sentait et il paniqua un peu. Si ses frères le rattrapaient, il ne pourrait pas les vaincre. Il était trop faible et trop jeune pour les combattre et sa mère n'avait aucune chance.

Peut-être bien que s'il les retardait, sa mère pourrait se sauver. Elle était un Compagnon, elle avait la rapidité nécessaire pour courir à travers la forêt et gagner les berges du fleuve Missaga. Là, elle trouverait de l'aide. Elle serait à l'abri, loin de son père, le terrible Seigneur des Ténèbres.

Emi tira sur son bras, elle comprenait ce qu'il comptait faire et il était évident qu'elle désapprouvait. Elle le comprenait si bien. Ils n'avaient pas besoin de se parler. Durant ces onze années, ils avaient appris à communiquer en silence. Un seul regard suffisait. Les mots étaient inutiles entre eux.

Elle lui sourit, pourtant il voyait dans son regard combien elle était inquiète. Son visage était magnifique. Il aurait pu le dessiner les yeux fermés : ses yeux couleur violette, son nez fin et droit, sa bouche fine et souriante, ses longs cheveux blonds et sa peau blanche et délicate. Elle était magnifique dans sa robe bleue très claire. Il aimait sa mère. Il aimait son parfum, ses caresses, son regard doux qu'elle posait à chaque fois sur lui, sa voix. Son ventre se serra : les Guerriers étaient devant eux. Ils se dressaient comme des remparts. Les jambes légèrement écartées, la main sur leur sabre, prêts au combat.

Dark resserra le manche de son sabre. Il vit Emi se jeter sur les Guerriers. Elle était rapide et ses coups ne manquaient jamais leurs cibles. Elle semblait danser devant ses yeux émerveillés. Elle était rayonnante. Sa robe bleue volait et tournoyait à chacun de ses mouvements. Il se joignit à elle et tous deux combattirent côte à côte : la mère et le fils dans leur dernier combat, parce qu'ils savaient qu'il n'aurait aucune chance face à leurs adversaires trop nombreux. Et puis, les Princes allaient bientôt surgir, et alors ils mourraient. Mais à ce moment, la mort n'avait plus son importance. Ils étaient réunis et heureux de s'être échappés du Monde des Ténèbres. Sa mère était proche de lui et le protégeait.

Mais soudain, tout bascula. Emi s'effondra à terre, sans un cri, sans un hurlement. Juste comme ça. Un sabre enfoncé dans son cœur, la lame transperçant son corps fin et gracieux. Dark sembla pétrifié, son regard ne pouvait se détacher de sa mère, étendue sur le sol, sans vie.

Un Guerrier lui entailla le bras. Il ne ressentait plus la douleur. Il poussa un hurlement terrible et courut jusqu'au Guerrier qui avait tué sa mère. Sa haine le transporta et il le tua. Il était jeune et pourtant il sentait sa force, son pouvoir se décuplait. Les marques de son corps se mirent à noircir et à scintiller. Les Guerriers s'enfuirent. Ils n'essayaient plus de l'atteindre et à bien y réfléchir, était-ce leur but ? Dark comprit mais trop tard, qu'ils n'étaient pas là pour lui mais pour sa mère. Ses frères n'avaient pas voulu le tuer mais le voir disparaître du Palais. Ils voulaient s'en prendre uniquement à la seule personne qu'il tenait et chérissait : sa mère, dans le but de le blesser.

Ses frères avaient finalement trouvé un moyen de se débarrasser de lui et en même temps de lui porter un coup mortel en faisant disparaître le seul être qu'il aimait : son cœur avait été déchiré, et les milliers de morceaux étaient partis en éclat. Il prit le corps sans vie de sa mère et porta sa main à ses lèvres. Il était en colère, il était furieux de s'être fait ainsi manipuler. Il serra ses dents et réprima l'envie de pleurer. Il se répéta qu'il était un Prince et les Princes ne versaient pas de larmes. Les Princes enduraient la souffrance sans ciller. Ses lèvres tremblèrent et il écrasa encore plus fort ses lèvres sur la main de sa mère.

\- Je te promets de devenir puissant et de te venger. Je te promets que rien ne pourra se mettre en travers de mon chemin pour accomplir ma vengeance. Je tuerais le Seigneur des Ténèbres qui t'a enlevée et séquestrée. Je tuerai chacun de ses fils parce qu'ils ont comploté contre toi. Je n'aurai aucune faiblesse. Je serai puissant et tu seras fière de moi.

Il saisit le livre qu'elle tenait dans son sac en bandoulière. Il allait nettoyer ce Monde de la noirceur qui l'avait envahi.

Dark se réveilla en sueur. Il se redressa sur son lit, le cœur battant. Il y avait bien longtemps qu'il n'avait rêvé de ce jour où sa mère avait perdu la vie. Il se releva et ouvrit la fenêtre. Il était temps de passer à l'acte. Il était enfin prêt. Il allait se rendre dans le Monde des Ténèbres afin d'affronter son père, le Seigneur Sédah.

Chapitre 36
Monde des Ténèbres, L'an 1335

Azami se réveilla. Elle était allongée à même le sol. La pièce était sombre et humide. Elle se releva et scruta autour d'elle. Une cellule. Elle était enfermée dans une cellule du Palais des Ténèbres. On lui avait retiré sa veste et elle avait froid. Elle se frictionna les bras.

Elle se souvint de la chute de Minh. Elle n'avait pas eu le temps de lui saisir la main. Elle espérait que son amie soit encore en vie. Mais comment son pauvre corps aurait-il pu survivre à une telle chute ? Des larmes coulèrent sur son visage et elle s'accroupit dans un coin. Elle enfouit son visage dans ses bras et elle laissa le chagrin la submerger.

— Rien ne sert de pleurer ! Ils ne connaissent pas la pitié, murmura une femme d'une voix enraillée.

Azami releva la tête. La voix venait de l'autre côté du mur. Elle s'essuya le visage du revers de son pull. Elle se rapprocha et découvrit un trou dans la roche. Une grosse pierre avait été retirée à la base du mur. Elle s'allongea et tenta d'apercevoir la personne qui lui parlait.

— Où êtes-vous ?

Elle ne perçut aucun mouvement mais elle entendait le souffle régulier de la personne.

— Comment vous appelez-vous ? demanda Azami, soulagée de savoir qu'elle n'était pas seule.

— Miranda.

— Pourquoi vous a-t-on enfermée ?

— J'ai donné un fils et je n'ai plus rien à offrir, répondit-elle d'un ton las.

Azami pensa au triste sort des concubines du Seigneur des Ténèbres.

— Comment s'appelle votre fils ? demanda gentiment Azami.

— Son nom ?

La femme se rappela du petit garçon qu'elle avait mis au monde. Le Seigneur des Ténèbres lui avait « généreusement » autorisé à le nourrir jusqu'à sa première année puis il le lui avait arraché et l'avait enfermée dans un des Cachots de l'Ombre, pour l'éternité. Elle soupira.

— Jumo.

Azami poussa un petit cri de surprise, ce qui fit sursauter la femme. Celle-ci s'approcha rapidement du trou et regarda de l'autre côté.

— Connaissez-vous mon fils ? demanda-t-elle soudainement animée.

— Je l'ai rencontré récemment.

— Comment est-il ? J'essaie de communiquer avec lui par les rêves mais je ne vois pas son visage.

— C'est un bel homme. Grand et déterminé.

— Est-il avec…

Elle hésita avant de prononcer la fin de sa question. Elle était visiblement très inquiète. Elle reprit sa question.

— Obéit-il à son père ?

— Je ne sais pas.

Azami regrettait de ne pouvoir lui dire davantage. Dark pensait fermement que son frère travaillait pour leur père et qu'il était responsable de la mort d'Emi. Toutefois, elle tenta d'apporter un peu de paix à cette mère qui mourrait d'angoisse au sujet de son fils qui lui avait été enlevé.

— Jumo est intelligent. Je l'ai senti honnête.

— Vous êtes gentille.

La femme soupira et demanda :

— Pourquoi vous a-t-on enfermée ?

— Je suis la Promise d'un des Princes.

— Lequel ?

— Dark. Il est le fils d'Emi.

— Emi… la belle Emi…

176

Miranda semblait se souvenir de la mère de Dark. Elle reprit :

— Mon fils doit être bien grand maintenant… Mon fils Jumo. Il est si beau…

Azami se redressa soudainement abattue. Dans quelques temps, elle ressemblerait à cette femme : plongée dans ses souvenirs, ressassant le passé. Resterait-elle aussi enfermée dans sa cellule sans revoir le soleil, les terres de Noutan ? Elle se rassura en pensant qu'elle était au moins mortelle et que sa vie pouvait prendre fin plus rapidement que celles des concubines immortelles du Seigneur des Ténèbres. Elle était triste pour cette femme, ainsi cloîtrer entre ces murs et abandonnée.

Elle pensa aussi à Dark. Il n'y avait plus d'espoir pour qu'il se lie. Il allait basculer dans les Ténèbres et alors Noutan serait perdu…

— S'il vous plaît, parlez-moi encore de mon fils ? implora la femme. Comment l'avez-vous connu ?

Azami se souvint du Grand hibou, un bar sombre et mal fréquenté. Elle s'abstint d'évoquer la rencontre entre les deux frères et essaya de décrire les moindres détails qu'elle avait retenus du visage de Jumo. Mais malgré tous ses efforts, un autre visage s'imposait à son esprit : celui de son Promis, celui qu'elle ne reverrait peut-être jamais.

Un Guerrier souleva un passe-plat dans la porte ct glissa une assiette. Azami s'approcha et sentit la nourriture. Elle ne savait dire ce que c'était. L'odeur était vraiment désagréable.

— Dites-vous que ce sont de succulents légumes et ne vous posez pas trop de questions, conseilla Miranda.

Azami prit la cuillère et goûta. Le goût était aussi horrible que l'odeur.

— Votre estomac s'habituera. Vous n'êtes pas liée, alors il faut manger.

— Comment savez- vous que je ne le suis pas ?

— Je suis immortelle. Je sens ces choses-là. L'immortalité vous donne des pouvoirs incroyables. Vous sentez vibrer le monde qui vous entoure. Les mortels n'ont pas de pouvoirs. Ils ne vibrent pas beaucoup.

Elle se tut. Azami l'imagina en train de manger. Elle repoussa son assiette et alla s'installer près du trou. Elle attendrait d'avoir très faim et peut-être alors ce plat lui paraîtrait bon.

Miranda poursuivit :

— C'est comme ça que je peux communiquer avec Jumo. En me concentrant, j'arrive à trouver sa vibration et alors j'essaie de lui parler.

— Mais pourquoi ne peut-il vous répondre ?

— Il faut croire que tous les Immortels ne développent pas les mêmes talents !

Elle mâcha et reprit. Sa voix paraissait plus claire.

— Toutes les nuits, je lui parle dans ses rêves. La journée, je n'arrive pas à l'approcher parce qu'il refuse le contact. Mais je ne l'abandonne pas. Il faut qu'il s'éloigne de son père avant qu'il ne soit trop tard.

— Je vous admire.

— C'est mon combat. IL n'aura pas mon fils. IL a pris ma vie mais je jure qu'IL n'aura jamais mon fils !

Ces derniers mots avaient été prononcés avec force. Azami comprenait le combat de cette femme. Elle aurait voulu en faire autant pour Dark. Elle aurait voulu le sauver des griffes de ce père terrible. Mais maintenant que pouvait-elle faire ?

La Voyeuse du marché avait raison : c'était trop tard.

Azami avait perdu toute notion de temps. Elle ne savait plus l'heure ni le jour. La pièce était sombre et il n'y avait aucune ouverture. Elle avait fini par manger ce qu'on lui apportait et si elle se fiait aux repas, cela devait faire trois ou quatre jours qu'elle était enfermée.

Miranda et Azami discutaient souvent et elles se donnaient du courage. Elles s'endormaient en se touchant la main, allongées le long du mur. Azami pensait beaucoup à ses Compagnons et elle espérait que Minh guérisse.

— Jumo avait mon regard, racontait Miranda, heureuse de partager ses souvenirs avec la jeune fille. Il avait un joli sourire espiègle. Une fois, il m'avait caché ma brosse et il souriait tout content de m'avoir joué un tour.

— Vous deviez être heureuse à ses côtés.

— Il est ma vie. Je ne puis m'arrêter de penser à lui.

Azami sursauta car elle venait d'entendre une clé tourner dans la serrure. Un Guerrier pénétra rapidement dans sa cellule et lui empoigna le bras. Il était imposant et robuste. Azami se débattit mais l'homme avait beaucoup de force.

Azami cria :

— Miranda ! Miranda !

— Azami ! répondit Miranda complètement paniquée. Je vous en prie, ne lui faites pas de mal ! Je vous…

Azami ne l'entendait plus, le Guerrier avait refermé la porte et l'entraînait dans les couloirs des Cachots de l'Ombre. Azami était terrifiée, le Guerrier était doté d'une force hors du commun et ne manifestait aucune tendresse. Ils sortirent par une lourde porte de métal et ils grimpèrent un escalier. Azami trébucha car les marches étaient un peu hautes mais le Guerrier la remit sur ses jambes en attrapant ses vêtements. C'était une véritable brute et Azami comprenait pourquoi Miranda lui avait dit que ces Guerriers n'avaient aucune pitié.

Ils longèrent un long couloir et Azami put voir à travers les vitres le paysage de terre rouge qui s'étendait à perte de vue. Elle se rappela sa rencontre avec le Maître du Temps. Elle s'était perdue dans ce Palais immense.

Aujourd'hui elle était prisonnière et elle ne savait pas ce que lui réservaient ses ennemis. Le guerrier pénétra dans une grande salle et la poussa si fort devant lui qu'elle tomba par terre. Quelqu'un lui attrapa les cheveux pour la contraindre à se relever.

— Et bien, voici la jolie demoiselle !

Elle reconnut le grand costaud, elle n'aimait pas son regard pénétrant. C'était un Prince et il était Sorcier. Elle tenta de desserrer la poigne qui lui agrippait sauvagement les cheveux mais il resserra encore plus fort, lui arrachant un cri.

— Mon idiot de frère ne t'aurait-il pas matée ? Demanda-t-il avec sarcasme.

— Dark est plus intelligent que vous ne le serez jamais ! Lui lança-t-elle car il l'agaçait.

Il émit un rire sardonique et la jeta une nouvelle fois par terre. Le Guerrier lui donna un violent coup de pied dans les côtes et Azami se retint de hurler. Elle avait l'impression qu'un os s'était brisé. Elle tentait de reprendre son souffle et d'oublier la douleur. Les larmes coulèrent en silence et inondèrent son visage.

Un autre Prince s'accroupit près d'elle. Son regard était effrayant. Celui-ci avait certainement basculé dans les Ténèbres. Si elle croyait Jumo, il devait s'agir du Prince Bula, le fils aîné.

— Ton Prince charmant a décidé de faire un échange : ta vie contre la sienne.

Azami pâlit brusquement. Pourquoi Dark avait-il accepté de se rendre à son père en échange de sa vie ? Pourquoi ? C'était de la folie !

— C'est le grand jour. Je te conseille de ne rien tenter de stupide.

Le ton n'admettait aucune rébellion. Il lui caressa le visage et elle sentit une vive douleur à la poitrine.

— Je n'hésiterai pas à le tuer.

Azami porta sa main à sa poitrine et elle serra les dents. De la glace se matérialisa sur son pull. Il se redressa et la glace disparut aussi vite qu'elle était apparue. Ses pouvoirs étaient colossaux.

— Guerrier ! Amène-la à la Porte du Pont.

Le Guerrier l'agrippa encore une fois par le bras et elle ne tenta plus de se débattre.

Chapitre 37
Noutan, L'an 1335

Maître Lichan soutenait Minh. Elle était couverte de bandages, telle une momie. La chute avait été violente et ses jambes avaient du mal à lui répondre.

— Encore quelques pas Minh et ce sera tout pour aujourd'hui, encouragea le Maître.

— C'est douloureux !

— La douleur disparaîtra peu à peu. Il faudra beaucoup de temps Minh.

Minh avançait pas à pas. Sa colonne vertébrale, ses jambes, tout lui faisait horriblement souffrir. Mais elle pouvait s'estimer heureuse de les sentir encore. L'impact avait été terriblement douloureux car elle avait perdu connaissance quelques minutes après. Elle avait senti son corps se disloquer et la douleur avait été si intense qu'elle en avait perdu sa voix.

Ses jambes se mirent à trembler sous l'effort et elle s'assit pour reprendre son souffle. Elle n'aimait pas se sentir faible et inutile. Ses amis avaient besoin de Compagnons valides.

— C'est bien Minh. Tu fais des progrès.

Le Maître l'aida à se rallonger et lui couvrit le corps.

— Je m'inquiète Maître. Même si Dark boit la potion de la Sorcière Sans Nom, pour ne pas perdre ses souvenirs, je pense qu'ils ont pensé à tout.

— Nous n'avons pas le choix. La décision de Dark est prise.

— Maître, vous auriez peut-être pu le dissuader.

— Dark n'aurait jamais changé d'avis. Pour lui, il est temps de mettre fin au combat qu'il livre à son père.

— Nous offrons à son père ce qu'il espérait : son fils. Croyez-vous qu'il va le laisser se battre contre lui ? Demanda

Minh avec tristesse. Son père ou ses frères trouveront le moyen de le lier à leur cause. Nous sommes perdus.

Il y eut un long silence, chacun méditant de son côté. Puis Maître Lichan reprit :

— Les dés sont jetés. J'ai confiance en Dark. Même si le chemin est long, Dark n'abandonnera pas.

Minh ne répondit pas. Elle ferma les yeux, épuisée. Le Maître tira les rideaux pour plonger la pièce dans l'obscurité

— Repose-toi Minh, tu dois recouvrer tes forces.

Le Maître s'en alla. Il était lui aussi très préoccupé.

Dark attendait devant le long pont qui enjambait le fleuve Flonia. Il était construit avec de larges planches de bois, qui semblaient en mauvais état par endroits. Deux cordes permettaient de se tenir pour ceux qui souhaitaient s'y risquer. À l'autre bout, la Porte du Pont scintillait faiblement de sa lumière verte. Des Guerriers montaient la garde et l'observaient avec animosité.

Mamoru, Akito, Phung et Akainou se tenaient en retrait, très angoissés. Le comportement de Dark les inquiétait aussi. Il s'était muré dans un silence glacial et son regard était vraiment sombre. Il dégageait une aura qui n'augurait rien de bon.

— Les voilà ! S'exclama Akito.

Il n'avait jamais eu aussi peur. Il aperçut Azami qui marchait péniblement et soudain la peur fit place à de la colère. L'avaient-ils rudoyée ? Un Guerrier l'agrippait par le bras et il avait l'air impitoyable.

Dark l'avait-il remarquée ? Il restait sans bouger, le regard fixé sur la Porte. Deux Princes franchirent la Porte et ils étaient accompagnés d'une cinquantaine de Guerriers. Cela s'annonçait difficile. Un des Princes se détacha du groupe et Akito reconnut Bula. Il franchit le pont avec la démarche d'un félin et les rejoignit. Il s'arrêta devant Dark sans même leur accorder un regard. Vraiment, les Princes étaient tous les mêmes ! Aussi imbus de leur petite personne, les uns comme les autres ! Akito était irrité de paraître aussi insignifiant.

— Ta Promise ne franchira le pont que lorsque tu auras bu ceci.

Bula ouvrit la main et présenta à Dark une petite fiole bleue.

— On ne saurait être trop prudent avec toi ! Lança-t-il avec cynisme.

— Tu t'assures que je ne te flanquerais pas de raclée ? Demanda Dark en le narguant avec un sourire mauvais.

Bula eut un rictus :

— C'est que mon petit frère a de grandes raisons de me voir mort.

L'allusion au coup monté contre sa mère était trop évidente. Dark ne se démonta pas et il prit la fiole qu'il but d'un trait.

— Satisfait ? Demanda-t-il avec sarcasme.

— Satisfait. Maintenant allons-y. As-tu préparé ton baluchon ? Demanda Bula moqueur.

— Non, je ne compte pas rester. J'emporte juste mon sabre pour te trancher la tête.

Bula ignora la remarque et se retourna. Dark jeta un coup d'œil à ses camarades. Il n'y avait rien à ajouter alors il suivit son frère. Les Compagnons le regardèrent s'éloigner, impuissants.

À peine avait-il fait quelques pas, que sa tête commença à lui tourner légèrement. Il attrapa la corde du pont pour garder son équilibre. Il respira lentement pour faire passer le malaise et tenter de maintenir ses idées claires. Mais tout paraissait soudainement très difficile. Le liquide de cette maudite fiole qu'il avait avalée commençait à opérer sur ses facultés mentales. Il espérait que la potion de la Sorcière Sans Nom serait efficace. Il se remit en marche, les jambes flageolantes.

Le Pont se troubla et Dark ralentit l'allure. Son frère se retourna et l'attendit. Son regard était mauvais. Bula avait basculé depuis peu et il avait des cernes très sombres sous les yeux. Il ne devait plus lutter contre le pouvoir dévastateur des Ténèbres. C'est alors à ce moment que Dark prit conscience qu'il ne voulait jamais devenir comme lui. Il ne voulait pas ressembler à ce pantin en face de lui, qui n'était plus un homme. Bientôt il ne maîtriserait plus ses émotions et il était évident que le pouvoir le rongeait. Les Ténèbres l'avaient saisi à jamais.

Dark aperçut Azami en face de lui. Elle avait les traits tirés et visiblement elle souffrait. Il se rappela leur baiser dans le jardin du Manoir. Il se souvint de la douceur de ses lèvres. Qu'avait-il fait ? Il l'avait blessée tant de fois ! Voilà qu'il avait des remords. Que lui arrivait-il ? Ses pensées s'entremêlaient et il finit par oublier à quoi il pensait. Une colère s'empara de lui mais il était incapable de savoir pourquoi. Il se rembrunit et son regard devint mauvais.

Azami vit la transformation de son Promis. Son expression avait changé, et il ressemblait de plus en plus au frère aîné, Bula. Magil se mit à rire car il était satisfait. Un Guerrier poussa la jeune fille pour qu'elle avance et elle commença à franchir le pont. Arrivée à hauteur de Dark, Azami s'arrêta. Elle eut un sanglot. Elle ne comprenait pas pourquoi Dark avait accepté cet échange. Il avait été si inflexible avec elle, se montrant tant de fois cruel et distant.

Elle s'aperçut qu'il ne réagissait plus. Il la fixait sans la voir. Dark n'était plus lui-même.

—   Dark, que t'arrive-t-il ? Murmura-t-elle avec inquiétude.

Le jeune homme la dévisagea un instant, sans comprendre. Il transpirait et il dut se tenir une nouvelle fois à la corde pour ne pas tomber. Il était visiblement très mal. Dans un geste instinctif, il sortit son sabre mais ce n'était plus qu'un pantin. Bula lui saisit son arme sans que Dark manifeste la moindre résistance. Il laissa retomber son bras, visiblement à bout de forces.

Azami voulut le toucher mais Bula la poussa pour qu'elle avance. Elle ne pouvait se résoudre à le laisser ainsi. Alors le Guerrier l'agrippa et la tira en avant mais Azami regardait toujours son Promis. Perdant connaissance, Dark finit par s'effondrer sur le pont. Elle l'appela et l'appela encore, mais il ne pouvait plus répondre.

Azami pleurait et quand elle arriva près de ses amis, elle se jeta dans les bras d'Akito. Celui-ci la serra très fort et Azami gémit : elle devait avoir quelques côtes cassées.

— Il vaut mieux ne pas tarder, lança Mamoru avec inquiétude.

Les Compagnons acquiescèrent et montèrent en silence dans le véhicule qui les mènerait loin des Guerriers. Une idée terrible trottait dans leur tête : ils avaient perdu Dark.

187

Chapitre 38
Monde des Ténèbres, L'an 1335

Le Seigneur des Ténèbres serra son fils dans ses bras. Dark avait le regard fixe et une flamme de colère brillait en silence dans ses yeux. Chaque parcelle de son corps restait tendue.

— Détends-toi mon fils, conseilla le Seigneur. Tu es enfin chez toi et plus personne ne t'éloignera de moi.

Dark acquiesça sans bien comprendre pourquoi il était parti loin de son père et pourquoi il était aussi irrité. Tout était embrumé dans son esprit. Il reconnaissait son père et chacun de ses frères qui l'observaient mais il ne savait pas la raison de ce rassemblement. Apparemment, il était parti du Palais mais pour quelle raison ? Son cerveau ne lui fournissait aucune réponse.

Il observa ses frères. Bula le fils aîné et le plus craint de tous, Féraï le sournois, Magil le Sorcier, Jumo à l'esprit tourmenté et Nil, le mystérieux joueur de flûte traversière. Il manquait Raji, le plus jeune de ses frères. Où était-il passé ?

Les visages lui étaient familiers mais il ne conservait d'eux aucun souvenir. Et bien malgré lui, il s'excusa auprès de son père pour l'inquiétude qu'il avait dû susciter.

Magil souriait bêtement et Bula affichait un rictus. Il sentait bien que quelque chose clochait dans leurs attitudes mais il était impossible de se souvenir. Il balaya de son esprit ses états d'âme et décida de consacrer la journée à son père.

— Père, veuillez encore me pardonner et m'accorder l'honneur de rester auprès de vous aujourd'hui.

Son père sourit avec satisfaction et jeta un coup d'œil à ses deux fils Bula et Magil. Finalement, ces bons à rien avaient enfin réussi quelque chose !

— Ce serait avec plaisir, fils. Suis-moi, nous allons dans les jardins intérieurs du Palais. Nous avons rapporté quelques plantes de Noutan. Tu vas être surpris du changement.

Pendant qu'ils s'éloignaient, Bula sentit monter la colère. Encore un peu de temps et il se débarrasserait du fils et du père. Oui, encore un peu de temps. Il se retourna et vit Jumo qui l'observait avec une expression indéchiffrable. Il fallait aussi supprimer ce Jumo, un peu trop fouineur ces temps-ci. Il quitta la pièce suivi de Magil.

Dark accrocha son sabre au mur et inspecta la chambre. Une esclave lui avait apporté des vêtements et des affaires de toilette. Il ne se souvenait même plus les circonstances de son arrivée. Il avait mal à la tête et décida de se reposer. La compagnie de son père avait été très agréable mais il ne saurait dire ce qu'il ressentait pour lui. Tout était confus dans son esprit.

Il observa le paysage par la fenêtre. Il trouvait cela aussi désolant que ce palais. Peut-être était-ce pour cela qu'il était parti. La vue de ce désert de pierre l'aura fait fuir.

Il s'allongea et ferma les yeux. Réfléchir lui donnait la migraine. Il était fatigué et ne souhaitait qu'une chose : rester seul dans sa chambre pour apaiser la douleur lancinante qui lui martelait le crâne.

Un souvenir aussi fugace qu'étrange émergea de son esprit embrumé : le sourire enfantin d'une jeune fille aux cheveux noirs et à la peau très blanche. Un sentiment de plénitude l'accompagnait.

Il se releva aussitôt. Qui était-ce ? Un nom lui revint : Azami. Cela ne lui disait rien mais il sentait que c'était quelqu'un d'important. Son crâne tambourina de plus belle. Il n'arrivait plus à réfléchir. Il serra les dents et prit sa tête dans ses mains. La douleur allait lui faire éclater la tête. Il se retint de hurler.

Il se recroquevilla sur lui-même et refoula son envie de mener plus loin ses recherches. La douleur se dissipa et son corps se relâcha enfin. Il décida de garder ce souvenir pour lui.

Chapitre 39
Noutan, L'an 1335

— Là, je l'ai ! Lança fièrement Azami. Tu peux me remonter !

Phung tira sur la corde pour hisser la jeune fille à la surface. Azami gémit et Phung s'arrêta inquiet. Trois semaines s'étaient déjà écoulées depuis l'échange sur le pont et la jeune fille avait encore mal à ses côtes. Il faut dire que trois d'entre elles avaient été cassées. Le Guerrier n'avait pas été tendre.

— C'est bon ! Continue !

Phung tira la corde avec précaution et Azami apparut. Elle ouvrit la main pour montrer la Pierre qu'elle tenait. Phung s'approcha et lui retira délicatement son harnais.

— Le roi l'avait avalé !

D'après la légende, le Sorcier Moyo avait rencontré ce roi, Mun Hu, pendant la Grande Guerre, pour faire alliance avec lui. Le Sorcier lui révélait le secret de la fabrication de l'or en échange de quoi le roi s'engageait à protéger les terres de Pintocle avec son armée, le but étant de bloquer la progression des Compagnons de la Princesse Clytie vers le sud.

Mais le roi échoua et on dit que le Sorcier entra dans une fureur démesurée. Terrifié, le malheureux décida de fuir mais il fut très vite retrouvé et amené pieds et poings liés devant Moyo.

Dans son ouvrage, le Sorcier n'expliquait pas où il cachait la Pierre, ni ce qu'il advint du souverain déchu. Il avait seulement dessiné un croquis de tombe avec une inscription gravée dessus, le nom du roi. Les Compagnons avaient cherché longtemps le lieu où elle pouvait se trouver et ce n'est que par hasard qu'Azami était tombée sur un ouvrage des terres du Sud, répertoriant les vieilles tombes de cette région. S'étant souvenue de la légende de ce roi, elle fit le rapprochement avec l'inscription de la tombe. C'est ainsi que les Compagnons avaient retrouvé la trace de la Pierre et s'étaient rendus sur place.

Phung observa la belle couleur de la Pierre qui captait les rayons du soleil. Puis il aida Mamoru à pousser la lourde pierre pour fermer le tombeau. Profaner les tombes n'étaient pas une situation qu'ils les réjouissaient. Même s'ils n'étaient pas superstitieux, déranger les Morts étaient inconvenants.

Mamoru s'essuya les mains sur son pantalon de lin. Le boulot était terminé et il avait hâte de rentrer au Manoir. Depuis que Dark n'était plus parmi eux, il angoissait un peu à chaque sortie.

Azami posa une rose sur la tombe pour apaiser sa mauvaise conscience.

— Je n'aurais pas aimé être à la place de ce pauvre roi, confia Azami. J'imagine que le Sorcier a dû passer toute sa colère sur lui. Ses os présentaient de nombreuses fractures. La mâchoire était même clouée.

— Je n'irai pas le plaindre. Il était un ennemi de la Princesse, déclara Mamoru sans compassion.

— Mais le Roi ne l'avait même pas trahi, défendit Azami. Il était seulement trop faible pour affronter la Princesse. Le Sorcier aurait pu évaluer un mieux ses forces.

— Traître ou pas, il avait échoué. Le Seigneur des Ténèbres et le Sorcier sont intraitables à ce sujet. La peine est la même : la mort, répliqua Mamoru. Et je suis d'accord sur ce principe.

Azami se sentit triste. Combien de vies le Seigneur des Ténèbres avait-il sacrifiées pour assouvir sa soif de conquête ? Elle pensa à tous ces Guerriers innocents et pathétiques qu'il avait enrôlés de force ou de leur plein gré pour défendre sa cause et qui mouraient tragiquement sous le fil d'une lame.

Phung but quelques gorgées d'eau de sa bouteille. Le sujet l'avait semble-t-il un peu refroidi et il s'était de nouveau renfermé sur lui-même.

— Ramassez vos affaires. On y va, dit-il avec froideur.

Azami suspendit son geste au-dessus de son sac à dos. Akainou les rejoignait en courant, complètement paniquée, comme si une horde de fantômes lui courait après. Son estomac se creusa et ses mains se mirent à trembler.

Akainou sortit son arme en pleine course et hurla :

— Fuyez ! Les Guerriers sont là et deux Princes les accompagnent !

Phung blêmit et attrapa la main d'Azami. Il l'entraîna à l'opposé de la direction d'où venait Akainou. Les Compagnons prenaient la fuite, le danger à leur talon. Ils se dirigèrent vers la sortie au nord du cimetière. Mais hélas, des dizaines de Guerriers les attendaient déjà, formant une muraille infranchissable.

Phung repoussa Azami derrière lui. Les Compagnons étaient prêts à engager le combat.

— J'ai omis de vous dire, dit Akainou, que Dark est parmi eux.

Azami chancela sous l'émotion. Elle avait eu si peur que ses frères le torturent qu'elle ne dormait plus sereinement. Depuis le jour où il avait traversé le pont pour qu'elle soit libre, une terrible angoisse l'avait envahie. Elle n'avait plus d'appétit et elle avait perdu du poids. Sa tristesse avait transformé ses traits. Elle paraissait plus fragile et les larmes qu'elle versait quotidiennement avaient creusé son visage.

Son cœur se remit à battre, comme si le simple fait de le savoir vivant, avait relancé sa mécanique. Elle l'entendait cogner dans sa poitrine, réveillant l'espoir et le bonheur de le retrouver.

C'est alors qu'elle le vit arriver, marchant avec calme, une aura malveillante autour de lui, une expression de sauvagerie dans les yeux.

Lentement, comme pour savourer cet instant, il prit son sabre dans ses deux mains, un sourire mauvais sur les lèvres. Dark allait les combattre jusqu'au dernier. La détermination qu'elle lisait dans ses yeux la glaçait jusqu'au sang. Son Promis avait commencé à basculer dans les Ténèbres.

Akainou était la plus proche de lui. Il l'attaqua sans qu'elle ne s'y attende vraiment, trop hypnotisée par le changement d'attitude de son ancien Maître. Elle para le coup instinctivement et le repoussa. Mais le Prince était puissant. Il frappa encore si fort que le sabre d'Akainou se brisa. Elle fut projetée sur le sol. Mamoru tenta de lui venir en aide mais les Guerriers lui barrèrent le chemin.

L'autre Prince s'était assis sur une tombe et se mit à jouer de la flûte. La situation était irréaliste, tout droit sortie d'un cauchemar. Et quand le sabre de Dark s'abattit sur Akainou, Azami hurla. Dark interrompit son geste et se tourna vers la perturbatrice. C'est alors que leurs regards se croisèrent. Azami était horrifiée. Dark allait tous les tuer car il ne les reconnaissait plus.

Une larme roula sur sa joue. Le joueur de flûte s'interrompit et observa curieusement la scène. Dark restait immobile. Il avait déjà vu cette jeune fille. Mais où ? Il haussa les épaules et se tourna vers la femme Samouraï à terre. Il lui envoya un coup de pied dans le visage et vu la quantité de sang qui coulait de son nez, il avait dû le lui briser. Elle gémit et il l'attaqua pour l'achever mais il fut ceinturé par deux bras très fins.

— Je t'en prie Dark, implora Azami. Laisse-la !

La jeune fille aux cheveux noirs l'avait attrapé et le suppliait. Il se débarrassa d'elle d'un mouvement brusque et elle tomba par terre. Il se promit de s'en occuper après avoir éliminé la femme.

Pendant ce temps, Akainou s'était emparée du reste de son sabre et se jeta sur lui. Mais Dark fut plus rapide et planta son sabre dans son ventre. Akainou poussa un petit cri, fixant avec tristesse le Maître qu'elle avait toujours soutenu. Dark retira sa lame avec satisfaction et se tourna vers la jeune fille qui semblait pétrifiée d'horreur.

— Qui es-tu ? Demanda-t-il d'un ton autoritaire.

Mais Azami fixait Akainou étendue sur le sol, inconsciente. Elle se souvint que les sabres des Princes infligeaient des blessures mortelles. Ignorant son Promis, elle se rapprocha d'Akainou et la toucha. Du sang tacha ses mains.

Dark s'avança vers elle, menaçant. Une chanson lui revint subitement à l'esprit, émergeant d'un puits profond de l'inconscience :

La jolie dame se promena
Se promena dans les jolis bois.
Mais le gros ours était le roi
 Le roi de ce joli bois…

Il se prit la tête dans ses mains et il grimaça. Il allait devenir complètement fou. Que lui arrivait-il ? Et puis cette douleur qui n'en finissait pas…

Soudain, il se ressaisit et son expression changea. Son regard se fit plus hostile. Il saisit son sabre à deux mains et répéta sa question d'une voix sombre :

— Qui es-tu ?

Azami se releva et s'avança jusqu'à ce que la pointe de son sabre effleure sa peau. Plongeant ses yeux dans les siens, elle déclara d'une voix dénuée de crainte :

— Tu ne me fais pas peur. Souviens-toi bien de cela !

Dark tressaillit. La jeune fille le défiait, vibrante de colère. Une attirance incontrôlable envahit tout son être, sans qu'il puisse la maîtriser.

Sa détermination et son courage la rendaient désirable. Ils restèrent un moment à se dévisager, le temps s'étant arrêté entre eux, chacun cherchant à percer le secret de l'autre. Puis brutalement, la fureur s'empara à nouveau de l'esprit de Dark et il releva son arme pour lui trancher la tête.

Mais un véhicule arriva à toute vitesse et percuta plusieurs Guerriers. Il dérapa et Dark dut sauter sur le côté pour l'éviter, protégeant Azami du sort qu'il lui réservait. Mamoru se précipita vers Akainou et la porta jusqu'à la voiture. Les Compagnons montèrent rapidement et Akito démarra sous les chapeaux de roue. Dark voulut se lancer après eux mais son frère Nil posa une main sur son épaule pour l'arrêter. C'était suffisant pour aujourd'hui, rien ne servait de brusquer les choses. Dark était de leur côté maintenant.

Chapitre 40
Monde des Ténèbres, L'an 1335

Nil rapporta les événements à son frère Bula. Celui-ci était satisfait. Pour l'instant tout se déroulait selon ses plans. Son père avait retrouvé son fils chéri et le laissait en paix ; Dark avait tout oublié et combattait ses Compagnons ; les Compagnons savouraient leurs derniers instants ; et lui, et bien, il marchait bientôt sur sa victoire.

Il eut un sourire cruel. Tout était parfait. Les pions étaient presque tous en place. Il en manquait encore un tout petit. Il se souvint qu'il avait mis en garde son frère Magil à son sujet. Il fallait rester sur ses gardes même si c'était une chose insignifiante. La jeune fille allait venir sauver son Prince, il fallait être patient et lui ouvrir en grand les portes du Palais.

— Trouve-moi Féraï. Il faut que je lui parle.

Nil s'inclina et s'éclipsa en silence.

Dark faisait les cent pas dans sa chambre. Il était très en colère après lui. Il aurait voulu exterminer ces Compagnons ridicules mais cette jeune fille aux cheveux noirs s'était interposée. Son visage lui était familier. Azami. Il était certain maintenant qu'elle s'appelait Azami.

Il se frotta la tête d'un geste rageur. Mais qui était-ce ? Il aurait voulu la capturer pour enfin trouver des réponses. Il était sûr qu'elle pouvait les lui apporter. Et puis il lui aurait aussi offert une bonne raison de le craindre. Son arrogance l'avait tellement surpris qu'il était resté stupéfié devant ce minuscule microbe. S'il avait pu lui saisir son joli cou et lui faire avaler sa belle langue… Mais la vérité, c'est qu'elle l'avait attiré. Jamais personne n'avait osé lui parler sur ce ton et cela avait attisé sa curiosité.

Elle connaissait son nom et il n'avait ressenti aucune vibration de peur lorsqu'elle s'était tenue bien droite devant la lame mortelle de son sabre. Ses sens s'étaient éveillés à ses côtés, une attirance violente et incontrôlable.

Il avait honte de s'être fait manipuler de cette manière par une Mortelle. La prochaine fois qu'il croiserait son chemin, il écraserait sa fierté. Sa bouche eut un rictus. Il allait s'en occuper personnellement, jusqu'à ce qu'elle l'implore d'abréger sa vie. Et puis après, il la jetterait dans l'un des Cachots de l'Ombre, pour occuper les nuits des Guerriers.

Il essuya la lame de son sabre jusqu'à la faire briller. Puis il la rangea dans son fourreau et la pendit au mur. Il enleva sa chemise et aussitôt une Esclave entra dans sa chambre pour lui préparer un bain. Elle versa dans l'eau chaude un mélange parfumé à base de jasmin et quelques pétales de fleurs, puis prépara une grande serviette qu'elle posa délicatement sur une chaise. Une odeur agréable emplit la pièce. Dark entra nu dans le bain et s'allongea, la tête renversée en arrière, les yeux clos, essayant d'évacuer toutes les tensions.

L'esclave se tint un moment sur le seuil de la porte, la tête baissée en signe de soumission. Puis, comme son Maître ne lui donnait plus aucun ordre, elle conclut qu'elle devait quitter la pièce pour qu'il puisse savourer pleinement ce moment.

— Reste, commanda le Prince, les yeux toujours fermés. J'ai besoin que tu me distraies un peu.

L'Esclave ferma la porte et retira ses vêtements pour rejoindre le jeune Maître. Mais pendant qu'elle caressait son corps et l'embrassait entièrement assujettie à ses moindres désirs, une douce et jolie voix chanta dans son esprit. Les paroles le bercèrent et l'emmenèrent loin, très loin dans une forêt aussi sombre que mystérieuse, avec pour guide une lutine aux très longs cheveux noirs.

Chapitre 41
Noutan, L'an 1335

La Sorcière Sans Nom ne pouvait rien faire contre le poison du Sabre des Princes. Maître Lichan avait donc sollicité l'aide de la Vierge Clytie.

— Je sais bien que votre pouvoir faiblit mais je vous en prie, sauvez Akainou.

La princesse s'avança vers le lit de la mourante. Elle était vêtue d'une longue robe d'un jaune très pâle qui se mariait très bien avec ses cheveux longs et dorés. Les marques de sa lignée étaient moins marquées que les mâles de son espèce. Elle était d'une grande beauté et ses gestes étaient toujours gracieux et emplis de tendresse.

Elle toucha Akainou qui se mit à gémir. La blessure était profonde et son état se détériorait rapidement. Le poison de la lame de Dark commençait à se répandre dans tout son corps et à ronger ses organes et bientôt, elle disparaîtrait à jamais.

— Je vais essayer, Maître.

Elle s'assit sur le lit et posa ses mains délicates sur la blessure de la jeune fille. Du sang se mit à couler sur les draps puis la blessure se referma peu à peu. La Vierge Clytie ferma les yeux et se concentra encore. Son pouvoir faiblissait de jour en jour et elle avait du mal à guérir et à transmettre l'Immortalité. Dans quelque temps, elle en serait complètement incapable. Son amour pour son frère lui avait fait perdre son don de voyance, et l'utilisation intense de son pouvoir pour protéger et cacher le Manoir avait épuisé ses réserves.

Elle se redressa, elle était complètement épuisée. Maître Lichan l'aida à se relever. Son ami était toujours prévenant. Elle avait besoin de se sentir soutenue, surtout en ces jours très noirs, où leur victoire était incertaine.

— Merci, Princesse.

— C'est moi qui vous remercie mon ami, pour tous les risques que vous prenez.

Le Maître l'amena dans le salon. La pièce était chauffée avec du bois de chêne et dégageait une agréable odeur. Les tapisseries au mur étaient ternies mais elles conféraient à la pièce une sensation de bien-être. Une petite table basse en bois d'acajou se dressait seule au milieu de la pièce, entourée de fauteuils en vieux tissus marron très confortables. À chaque visite, la Princesse ne manquait pas de se laisser volontiers disparaître dans la profondeur de leurs coussins moelleux. Elle aimait ce Manoir mais pour des raisons de sécurité, elle devait rester cacher dans une vieille chapelle, froide et austère, afin d'échapper à son frère. Il aurait été trop risqué de rester avec les Compagnons. Elle ne pouvait laisser distraire sa concentration quand elle invoquait son pouvoir. Il lui fallait protéger tant de gens, tant de vie qui lui étaient chers. Une seule erreur, et tout pouvait complètement basculer. Si elle manquait à son devoir, le Manoir deviendrait visible pour les Ténèbres et les Compagnons seraient supprimés.

Elle soupira. Elle avait endossé trop de responsabilités en voulant sauver ce frère qui avait fini par la trahir. Combien sa famille lui manquait, combien elle était navrée d'avoir désobéi à son père !

— Je crains que les jours nous soient comptés.

— Tout n'est pas fini Princesse, répondit Maître Lichan avec réconfort.

Il lui apporta une tasse de thé fumante à la menthe et s'assit près d'elle.

— Dark est entré dans la tanière du lion mais il n'a pas été dévoré.

La Princesse soupira de lassitude.

— C'est bien pire. Il est devenu l'un des leurs.

— Pour l'instant. Mais il faut attendre.

— C'est pour cela que je vous ai choisi. Vous êtes toujours patient et positif.

— C'est le temps qui m'a appris qu'il ne fallait jamais brusquer les événements.

Ils furent interrompus par l'entrée d'Azami.

— Oh ! Excusez-moi, je pensais trouver Maître Lichan seul.

Elle allait refermer la porte quand la Princesse Clytie l'interpella :

— Azami, restez avec nous !

La jeune fille entra et s'assit dans le fauteuil que lui désignait la Princesse.

— Il y a bien longtemps que je désirais vous rencontrer. La première fois, vous n'étiez qu'un bébé. Aujourd'hui, vous êtes une belle jeune fille et vous avez de grandes responsabilités.

Azami baissa la tête, honteuse.

— Je suis désolée Princesse. J'ai échoué.

La Princesse lui prit les mains pour la réconforter. Il y avait beaucoup de douceur dans ses gestes.

— Ne vous inquiétez pas. Maître Lichan nous encourage à être patients et tout ce que mon ami m'affirme est pour moi une source d'espoir.

— À ce propos…

Azami hésita. C'était le moment d'annoncer la nouvelle mais prenait-elle la bonne décision ? N'allait-elle pas anéantir tous les espoirs que les Compagnons avaient placés entre ses mains depuis sa plus tendre enfance ? Il fallait pourtant agir et se montrer à la hauteur des espérances. Elle se lança, déterminée :

— J'étais venue annoncer à Maître Lichan que je partais pour le Monde des Ténèbres.

La Princesse sursauta et la cuiller s'échappa de ses mains.

© SUDARENES ÉDITIONS
ISBN : 978-2374642000
Dépôt légal : Premier Semestre
2018 www.sudarenes.com